인생은 설렁설렁

JINSEI WA, DAMASHI DAMASHI

ⓒ Seiko TANABE 2003
First published in Japan in 2005 by KADOKAWA CORPORATION, Tokyo.
Korean translation rights arranged with KADOKAWA CORPORATION,
Tokyo through JAPAN UNI AGENCY, INC., Tokyo.

인생은 설렁설렁

다나베 세이코   조찬희 옮김   바다출판사

지금까지 나는 오랫동안 적지 않은 연애소설을 써 왔다. 나중에야 많이 달라졌지만 한창 젊을 때는 이런 생각을 했다.

'아포리즘 없는 연애소설은 김빠진 맥주, 뚜껑 딴 지 오래된 와인과 같다.'

그래서 글을 쓸 때마다 새로운 아포리즘 혹은 그에 버금가는 경구를 꼭 만들겠다며 기를 썼다. 이제 와서 생각해 보면 그것 또한 젊음의 패기였다. 뭐, 아포리즘이 필요 없는 글도 있다. 연애소설을 쓴다는 것 자체가 일종의 주장이기 때문에 작품 전체가 아포리즘의 표상이라 할 수 있다.

그러나 나는 꽤 일찍부터 라로슈푸코의 《잠언과 성찰》 같은 책에 친숙했고, 아포리즘 그 자체에 심취해 있었다.

작가로 데뷔하고 얼마 되지 않았을 때(라고 해도 만사에 불민한 늦깎이 작가였던 나는 당시 서른이 넘었다), 하루는 즐겨 읽는 책이 뭐냐는 질문을 받았고 그 질문에 대한 답으로 나는 위의 책을 언급했다. 정말 그랬기 때문이다.

질문한 사람이 옅은 쓴웃음을 지었다. 그 웃음의 의미는 '안 어울리게 아는 체한다'기보다 '졌다, 졌어'라는, 두 손 두 발 다 들었다는 희미한 웃음이었다. 그 웃음에서 '좀 더 귀염성 있게 말 못하나, 여성 작가답게'라는 낌새도 느껴졌다. 그 당시 유행했던 사르트르나 노마 히로시, 하니야 유타카 같은 작가의 이름을 댔다면, 문학소녀 같고 귀여웠겠지. 분명 쓴웃음이 아니라 흐뭇한 미소를 지으며 고개를 끄덕였을 것이다.

그 당시 그 남자에게 호감이 있어서 잘 보이고 싶었는데 아무래도 기대에 어긋난 것 같아서 속으로 '망했다!?'고 생각했다. 어찌나 당황스럽던지.

결론부터 말하자면, 그는 내 귀염성 없는 성격에도 불구하고 그 후에도 나를 잘 챙겨 주었다. 참 좋은 선배였다. 말이 나온 김에 한 마디 덧붙이자면, 나는 문필 생활을 시작하고 나서 인생에서나 문단에서나 좋은 '선배'를 많이 만났다. 참 다행이었다.

아무튼 나는 라로슈푸코의 《잠언과 성찰》 못지않게 연애소설의 향신료로 아포리즘을 사용하고 싶었다. 쌉싸래하고 짓궂은 이 모럴리스트 문학은 지금 읽어도 과연 신선하니 맛이 있다.

> 서로의 사랑이 식었다 해도 인연을 끊기란 쉬운 일이 아니다.

> 좋은 결혼은 있지만, 즐거운 결혼은 없다.

> 무언가를 강하게 욕망하기 전에, 그것을 가진 사람이 실제로 얼마나 행복한지 확인해 둘 필요가 있다.

이런 말들은 지금도 사람을 미소 짓게 만든다. 그렇다. 아포리즘은 웃음을 동반한다. 또한 그 당시 나는 '유머'는 '연애소설'에 불가결한 요소라는 확신이 있었다. 어쩌면 그 생각이 나를 아포리즘에 집착하게 만들었는지도 모른다.

최근 한 출판사에서 내 소설 속 아포리즘을 발췌해 몇 권의 책으로 엮어 주셨다.(이 작업에 편집자가 얼마나 애썼을지 어렵지 않게 짐작할 수 있다. 감사할 따름이다.) 그 책들이 세상 밖으로 나왔고 약간의 독자들을 만났는데, 발췌된 부분을 보니 글로 충분히 표현하지 못했다는 아쉬움도 남고, 보충해야 할 필요가 있어 보였다. 또한 여러 해가 지난 지금에서야 새삼스레 이런저런 상념이 샘솟기도 하여, '아포리즘'을 알사탕처럼 입속에 넣고 굴리면서 그 '상념'을 이곳에 펼치고자 한다.

차례

금속피로

인간도 금속피로가 생기고 나서 진정한 인간이 된다.

이건 내가 최근에 만든 아포리즘인데, 나 자신도 이 문장을 명확히 설명할 수 없다. 특히 '인간도'의 '도'에 대해서 설명하기가 어렵다. '인간은'이라고 하는 게 맞을지 모르지만, 그렇게 하면 일률적으로 단정해 버리는 꼴이 된다. 이 세상 모든 일은 일도양단해서는 안 된다.

내가 옛날 사람이라 그런지 이렇게 툭하면 사자성어가 튀어나온다. 자제하는데도 나오는 걸 보면 어쩔 수 없다. 그만큼 사자성어는 편리하다. 근래에 한자를 없애자고 주장하는 사람도 있지만,

이만큼 편리한 문화는 없다. 하지만 현실적으로는 점점 소멸되고 있다. 젊은 사람들에게 뭐든 좋으니 사자성어를 말해 보라고 하면, 놀라 자빠질 만한 대답이 나온다. 그들 말씀하시길 비상지출, 또 말씀하시길 외과수술, 또 말씀하시길 조사결과, 또 말씀하시길 금상은상……. 정말 들어 줄 수가 없다. 문화는 한번 단절되면 수복하기 매우 어렵다.

한번에 의미와 어감 모두 파악할 수 있는 한자. 게다가 오래된 언어적 전통 안에서 태어난 명쾌하고 정확한 성어·숙어를 자유자재로 구사할 수 있다면, 문장 다루기가 참으로 편해질 것이다.

그런데 나 자신 또한 문학 수행에 부지런히 힘쓰던 시절에는 그런 문화에 반발했다. 구식 교육 때문에 사자성어 지식이 넘쳐 나는 것을 나 스스로도 지긋지긋하게 여겼다. 그런 성어를 때묻은 구폐 문화라고 단정했고, 되도록 히라가나를 사용해 평이한 일상어로 글을 썼으며, 거기에 신선한 느낌까지 가미하려고 고군분투했다. 등단하고 나서 쓴 수많은 소설 모두 그 고심의 결과다. 그러나 역시 나이가 들면서 그렇게 하는 것도 지치기 시작했다. 그러다가 '에잇, 쓸모없는 저항은 그만두자, 마음껏 한자 쓰는 게 뭐가 나빠'로 돌변했고, 평전을 쓸 때는 더욱 쓰고 싶은 한자를 마음껏 쓰기 시작했다. 속이 시원했다. 독자들로부터는 예전과 달리 사전 찾으면서 읽어야 해서 어렵다는 잔소리를 들어야 했지만…….

아무튼 '인간은'이라고 하면 너무 거만하고 확신에 차 보이기 때문에 '인간도'의 '도'라는 조사로 애매한 자신감을 드러내고자 했다.

'금속피로'는 예전에는 들어 본 적 없는 말인데, 지금은 사전에 제대로 실려 있다. 사전에 의하면, "진동의 반복으로 인한 금속의 열화 현상으로, 표면에 난 흠집이 진동의 증가로 약해져서 결국 파괴되는 것"을 말한다.

참으로 친절하고 공손한 설명이다.

나 같은 사람이 금속이라는 말을 듣고 떠올리는 이미지라면, 더할 나위 없이 강한 것 혹은 금강불괴 같은 말이다. 그런데 금속에도 흠집이 날 수 있고 균열이 커지면 끝내 파괴될 수도 있다니.

인간도 긴 세월 살다 보면 온갖 고난과 고생이 켜켜이 쌓인다. 몸이 상해서 마음이 약해지는 건지 마음이 상해서 몸이 약해지는 건지 모르겠지만, 이런 게 말하자면 '열화 현상'이다. 쉽게 말해서, 몸과 마음이 엉망이 된다는 의미다. 어린 시절 분별없이 치솟았던 콧대가 낮아지기 시작한다.(그렇지 않은 사람도 있겠지만.)

그러다 보면 어미에 '……' 혹은 '?'가 붙는다.

또 섣불리 단언하거나 확언하지 않는다.

하물며 호언장담 따위는 가당치 않은 일이다. 허풍 떨며 큰소리치다니, 어느 나라 이야기인가 싶다.

옛날에는 사리분별을 중요하게 여겼다. 그럴듯하게 꾸며서 은근슬쩍 넘어가려는 인간을 보면 배알이 뒤틀렸고 철저하게 따져 물어서 흑이냐 백이냐 결착을 지어 찍소리 못하게 만들려고 했다.(실제로는 그렇게 되지 않더라도.)

그러던 것이 언젠가부터

'적당히, 정도껏 하면 되잖아.'

라는 생각이 들기 시작한다. 속으로는 '거짓말 하지 마'라고 생각하지만 이내

'적당히 상대해 주지 뭐.'

라는 생각도 든다. 앞으로 저 인간의 실체를 까발리겠다는 되바라진 행동은 하지 않는다.

'모나면 정 맞게 돼 있다고 하잖아.'

라며 앞날이 읽히기 시작한다. 바로 이것이다.

금속피로는 열화 현상의 결과이기는 하지만 '앞날이 읽힌다'는 장점도 가져온다. 경험을 쌓고 그 경험이 어느 정도 식견을 넓혀 준다.

그 식견이 무엇인가 하면 '눈감아 주다' '한 귀로 듣고 한 귀로 흘리다' '모르는 체하다'라는 생활 방식의 발견이다. 세상은 복잡하게 얽혀 있고 끌고 끌리다 보면 누구에게 어떻게 영향을 미칠지 모르는 일이라는 것을 배우게 된다. 그렇다고 지나치게 교만해서도 안

된다. 그 중간에서 균형을 잘 잡는 것도 어른의 수행이다.

'금속 열화'에 대응하는 것 또한 꽤 다사다단한 일이라 머리가 나쁘면 할 수 없다. '열화'가 시작되면 젊었을 때 마음속에 품고 있던 신념도 흔들리고, 그와 동시에 꿈과 정서도 희미해질 것이다. 냉정한 이성으로 꿈이 이루어지지 않을 거라고 현실을 내다볼 수 있는 것도 열화 덕분이다. 하지만 반대로 사람에 따라서는 비록 이루어지지 않을 꿈이라 해도 도전해 보고 싶을 수 있다. 이 또한 '금속피로' 덕분이다. 앞날이 얼마 남지 않았다고 자각하면 죽을힘을 다해 볼 용기도 생기기 마련이니까.

그리고 옛날에 했던 고생이나 원한이 제법 빛바랜 추억이 된다.

우리 세대는 옛날에 받은 굴욕을 잊지 말고 고난을 참고 견디다가 때가 왔을 때 원수를 갚는다는 인생 도식을 배우며 자랐다. 와신상담이란 말을 그럴 때 사용한다. 안일한 생활에 익숙해진다고 해서 옛날에 당한 굴욕을 잊어서는 안 된다고 배웠기 때문에 장작더미 위에서 잠들고 쓰디쓴 짐승의 간을 핥을 때마다 원한을 되새기는 것이다. '원한에 사무친 십 년 한 자루의 칼을 갈다'라는 시구도 있다. 하지만 옛 원한을 잊지 않고 있다가 설욕에 성공하는 사람은 재능과 기회를 타고난 사람이다. 옛날에 맺힌 원한을 어제 일처럼 기억하는 것도 재능 중 하나다. 보통 사람들의 원한은 시간과 함께 풍화되고 결국 열화한다.

가끔 떠오르면 화가 복받치지만, 그때는 이미 복수할 상대가 죽었거나 영락했거나 소식조차 모르는 경우가 많아서 험담이나 서슴없이 하는 정도가 고작이다.

심지어 자연스럽게 상황을 객관적으로 판단하게 되면서 그 당시의 원한을 우스갯소리 하듯 말하고, 다른 사람에게 이야기할 때마다 말주변이 늘어서 더 재미있고 차지게 말할 수 있게 된다. 와신상담해서 원수를 갚을 필요가 사라진 셈이다.

또한 세상을 살다 보면 과거의 고생 때문에 눈물을 삼키는 경우도 있다. 자기연민의 눈물은 달콤한 법이다.

그런데 이 또한 잊히지는 않는다. 때에 따라 선명하게 떠오르지만, 또 문득 까맣게 잊어버리기도 한다. 생판 모르는 사람에게

"언뜻 들었는데, 고생 많이 하셨다면서요?"

라는 말을 들으면

"아, 네. 옛날에 그런 일도 있었죠."

라고 대답하지만, 그때까지는 까맣게 잊고 있었을 것이다. 여기서 두 개의 아포리즘을 보자.

잊는다는 건 멋진 일이다.

이미 잊은 고생은 더는 고생이 아니다.

잊는다는 건 금속 열화와 같은데, 이 열화에 따라서 불필요한 부담이 소실된다.

고생이나 원한을 잊어선 안 된다고 생각하는 나이에도 정년이 있는 것이다. 말하자면 잊어버린다기보다는 개의치 않게 되는 것이리라.

또 갖은 고생을 하기는 했어도 최근 금속피로가 생긴 사람은 옛날 사람처럼 '젊을 때 고생은 사서도 한다'든가 '고생을 해야 대성한다' 같은 말을 하지 않는다. 그 대신 '고생은 되도록 피하라'고 말할 것이다.

고생한 사람이 대성한다는 건 사실일까 아닐까.

열화세대 인간으로서 성공한 '고생인'도 봤지만, 하도 고생을 많이 해서 찌들었거나 성질이 비뚤어지고 고집이 세거나 생각이 꼬인 사람도 봤다.

그런 사람이 내뿜는 해독害毒의 에테르와 고생을 모르고 자란 도련님이 악의 없이 흩뿌리는 세상 물정 모르는 악. 둘 중 어느 쪽이 이 세상에 유해할까. 나는 전자라고 생각한다. 세상과 인간의 겉과 속을 훤히 꿰뚫고 있는 사람이 부리는 심술은 질이 나쁘고 야비하다.

전체적으로 봤을 때, '고생'은 딱히 인간에게 좋은 영향을 미치는 것 같지 않다…….(이 '……'도 열화세대의 특징으로, 처음에는 무언가 주장하려고 말을 꺼내지만 내성적인 성격 때문에 결국 위축되고 마는, 이른바 용두사미 어법이다.)

그렇다면 열화세대 인간이야말로 진정한 어른 아닐까.

이제는 앞서 말한 '인간도 금속피로가 생기고 나서 진정한 인간이 된다'라는 아포리즘의 의미를 이해하셨을 것이다.

내가 이런 말을 하는 건, 나는 진짜와 가짜를 '어른'이냐 '어른이 아니냐'로 구분해 생각하는 걸 좋아하기 때문이다. 누군가는 딱히 어른이 아니어도 되지 않느냐고 생각할 수도 있다. 나는 그 의견 또한 좋다. 하지만 역시나 어른이 아닌 쪽보다 어른인 쪽을 대하는 게 훨씬 편하다.

지금까지 한 말을 전부 실행하지는 않더라도 피부로 느끼고 있고, 꿈이란 이루어지지 않는 것이라는 사실도 알고 있으며, 모든 일을 좋게좋게 정도껏 해결하고 적당히 응대하면서 동쪽에 가서는 "그냥 눈감아 주자"고 말하고, 서쪽에 가서는 "그냥 모르는 척해 줘"라고 말하며, 남쪽에 가서는 "고생은 피해"라고 말하고, 북쪽에 가서는 "옛날에 당한 억울한 일 있으면 어디 가서 얘기해 봐. 사람들이 얼마나 재미있어 하는지 몰라"라고 말한다.

어른의 꿈 중 최고는 "무덤에 가까워진 늘그막의 사랑은 그 무엇도 두렵지 않다"라고 노래한 가와다 준의 〈늘그막의 사랑老いらくの恋〉이다. 너무 이상적이지만 뭐 꿈은 꿈이니까. 젊었을 때처럼

이 핑계 저 핑계 대지도 않고, 다른 사람을 설득하려고 기를 쓰지도 않는다. 그건 인간의 한계를 알기 때문이다. 젊은 사람들은 그렇게 사는 게 뭐가 재미있냐며 미심쩍은 눈으로 보지만, 내심 빙그레 웃으며 의외로 인생을 즐기며 산다. 그렇다면 금속피로 인간이야말로 진정한 어른이라고 할 수 있지 않을까.

달 관

최근에 2001년 운세를 봤다. 나는 구자화성九紫火星이지만 '비약운飛躍運'이 들어 있어서 대백성 대성운이라는 것 아닌가. "만사가 뜻하는 대로 움직인다"고 한다. 지금까지도 내 나름대로 '뜻하는 대로' 됐다고 생각하는데, 앞으로 이 이상 얼마나 더 '뜻대로' 된다는 것일까.

"이겨도 투구 끈을 질끈 고쳐 매라"라는 말이 있다. 옛날 사람들이 사랑한 이 격언은 현대 젊은이들에게는 크게 와 닿지 않는다. 애초에 '투구'라는 말만 듣고도 '투구→전쟁→군국주의'가 떠올라 밀리터리 염증을 일으키며 목소리가 돌변한다. 애초에 대화가 불가능하다.

무사가 그려진 그림조차 볼 기회가 없을 테니 하늘 높이 치솟은 투구 뿔이 얼마나 늠름한지도 모를 것이다. 군국주의 따위와 상관없이 투구는 남자 미학의 상징 같은 것이다. 위의 격언은 전투에서 승리를 거두면 서둘러 무거운 투구를 벗어 던지고 싶겠지만 마음이 해이해져서는 안 된다는 교훈을 준다. 적군이 기세를 회복해 야습해 올지도 모르기 때문이다. 예로부터 축배에 취해 있다가 적의 반격을 받아 멸망한 예는 수없이 많았다.

따라서 승리를 거둔 때일수록 마음을 다잡고 투구 끈을 고쳐 매라는 것이다. 격언은 잠언과 달리 교훈의 냄새를 풍긴다. 만인이 복용할 수 있는 만병통치약이다. 종파와 상관없는 산상수훈이다. 그래서 대성운이 들어왔다고 해도 나는 마냥 기분 좋을 수만은 없다.

투구 아닌 마음을 다잡아야 하기에 그렇다.

내가 이렇게까지 하는 이유는 지금까지 살면서 '운명'의 장난으로 부단히 애를 먹었기 때문이다.

어떤 문제의 결과를 예측하고, 땅을 치는 망치는 빗나가도 내 예측은 절대 빗나가지 않을 거라고 믿으면 꼭 빗나가더란 말이다.

반대로 전혀 대비하지 못했던 곳이 툭 터져서 당황스러운 나머지 어쩔 줄 몰랐던 때도 있었다. 예를 들자면, 잘 쓸 수 있을 거라고 철썩같이 믿었던 작품이 취재를 하는 도중에 의도와는 다른 일이 생겨 차질을 빚고 그러다가 결국 수습 불가능한 소란이 일기도 한다.

그걸 나는 '운명'의 장난이라고 한다. 나는 언제나 운명에 형상을 부여하는 습관이 있는데, 그 형상을 '하느님'이라고 부른다.

이제껏 나는 내 소설과 에세이에서 '하느님'에 관해 자주 언급했다. 내 책을 읽으신 분들은 아마 아시겠지만, '하느님'은 '운명' 그 자체이고 '초월자'라는 이미지까지 있다. 인간이 절대로 반항할 수 없는 존재다.

이 하느님이란 존재는 인간이 의도한 대로 움직여 주지 않는다. 따라서 내가 생각한 아포리즘은 아래와 같다.

하느님은 인간이 잠들어 있을 때 찾아와 목을 베어 간다.

잠들어 있는 인간의 목을 벤다는 것은, 무장을 풀고 방심한 사람에게 불시에 들이닥쳐서 참으로 비겁하게도 이름도 알려 주지 않은 채 몰래 다가와 목을 치는 걸 말한다. 이는 공정한 행위가 아니다. 그렇다고 무사도에 반하는 게 아니냐며 비난을 해도 '하느님'에게는 통하지 않는다. 거기에 심판이 있을 리 없기 때문에 '하느님' 뜻에 맡길 수밖에 없다.

나는 이런 게 불만이라고 호소해도 (이 또한 내 상상이지만) 원래 인간의 생은 '하느님'으로부터 빌린 것이기에, '하느님'은 분명

"그렇게 불만이 많으면 지금 돌려주시게."

라고 말씀하실 것이다. 결국 인간은 마지못해 '하느님'이 하신 일을 감수해야만 한다.

인생이 순풍만범일수록 인간은 위태롭다.

'하느님'은 인간이 자고 있을 때 뛰어난 실력으로 목을 베어 간다는 점을 잊어서는 안 된다. 또한 자신의 방침과 식견과 실력이 성공을 가져왔다고 해서 자만하면 안 된다. '하느님'은 오다 노부나가나 미나모토노 요시쓰네처럼 명민하게 움직이다가 순식간에 틈새를 찔러 공격해 올 것이다.

잘 때 목을 베는 '하느님'은 막후 공작원이기도 하다. 그래서 인간이 허둥지둥하면 '우히히히히' 웃으며 재미있어 한다.

무력한 인간은 일이 그렇게 돼도 하늘을 올려다보며 슬퍼하는 게 고작이다. '하느님'은 손가락질하며 박장대소할 것이다.

이렇게 말하면 젊은이들은 또 이렇게 말하겠지.

"운명은 곧 하느님이다. 즉, 초월자라는 건 이해했어요. 그러면 초월자 위에 또 그 초월자를 임명하는 초월자가 계시지 않을까요? 그렇다면 초월자의 초월자에게 부탁해서 너무 심하게 하지 말라고, 적당히 해 달라고 부탁하면……."

그렇게는 안 된다. 안 되니까 '하느님'인 것이다. 자고 있을 때 목을 베는 이 괴팍한 '하느님'을 맨몸으로 맞서려고 하면 안 된다.

도리어 더 험한 꼴을 당한다.

잘 때 목을 베었다면 내 생각에 대응 방법은 딱 한 가지다. '하느님'의 무자비한 처사에 달관하는 것. 방법은 이것뿐이다.

여기서 오랜 세월 마음속에 품어 온 내가 좋아하는 아포리즘을 공개하면

> 달관이란, 마음속으로 '인생이 다 그런 거지'라고 중얼거리는 것이다.

인간은 나약하지만 그 안에 아직 개발되지 않은 뛰어난 능력이 잠재돼 있다. 생각해 볼만한 다양한 징후를 요즘 세상에서도 몇몇 엿볼 수 있다. 사랑과 유머도 그 징후 중 하나지만, '달관'은 그중에서도 꽤 크고 뛰어난 능력일 것이다.

다이쇼시대에 오사카에서 유행했던 말 중에

"너무 엄청난 일을 겪으면 눈물도 나오지 않는다."

라는 게 있다. 이 문장도 말하자면 '뭐 인생이 다 그런 거지'라는 달관의 다른 모습일 것이다. 예기치 못한 재액으로 하늘이 무너지는 것 같아도 "이렇게 된 걸 어쩌겠어" 하면서 마음을 다잡고 손에 잡히는 대로 허둥지둥 수습하기 시작한다. 그것도 총알이 빗발치는 전쟁터에서 응급처치를 하는 꼴이다. 안 하는 것보다 나은 정

도의 조치지만 할 수 있는 한 최선을 다한다.

사람들이 오가며 "힘들지?"라는 안부 인사를 건넬 때 '사는 게 다 그렇지 뭐'라는 자신의 철학을 말하고 싶어도 왠지 유치해 보일 것 같다. 다른 사람이 보기에는 분명 '어휴, 어떻게 저런 일이 다 있어. 딱하기도 하지'라고 생각할 것이기 때문이다. 그럴 때는 솔직하게

"어휴, 정말 엄청난 일이지 뭐야."

라며 우선은 그 위로를 받아들인다. 오사카 사투리 중에는 이럴 때 할 수 있는 편리한 말이 많다.

"정말 엉망이었지 뭐야."

라고 본인이 먼저 웃으며 말한다.

스스로도 본인의 재난이 기막히다는 듯 들린다. 예를 들어, 가게가 망하고 가족이 뇌졸중이나 교통사고로 잇따라 쓰러지기라도 하면 스스로

"지금 완전 엉망진창이야."

라고 말한다. 이 순간이야말로 '눈물조차 나오지 않는' 상황이다. '하느님'은 제대로 목을 베었다고 생각했는데, 정작 당사자는 엉망진창이라며 기막혀 하는 게 고작이니 목표가 빗나간 셈이다. 오사카 사람은 그런 성향인 것 같다.

또 예를 들면, 하루 일을 마무리하다가 계산이 맞지 않아 야근까

지 하며 계산기를 두들겨도 숫자가 맞지 않을 때, 암담한 기분으로 모두가 의욕을 잃은 바로 그때, 베테랑 선배가 내뱉는 한마디.

"나머지는 내일 하자. 이 정도면 됐어."

그야말로 절대 권위의 한마디다. 지금까지의 노력을 인정하고 높이 평가하면서도 그에 대한 칭찬을 잊지 않고 앞날에 대한 희망까지 어렴풋이 드러내는 말이다.

오사카에서는 의사도 그런 말을 자주 한다. 우리 같은 비전문가는 실제 의료 분야를 잘 모르지만, 아무래도 수술은 진인사대천명과 같은 상황에 놓일 때가 많을 것이다. 오사카에 사는 어느 명의는 수술이 끝날 즈음 입버릇처럼

"이 정도면 됐어."

라고 말씀하신다고 한다. 그 말은 아마도 '인간의 지혜와 손으로 할 수 있는 건 다했다'는 의미일 것이다.

여하간 '이 정도면 됐어'에는 나 자신을 객관화하고 그 나름대로 평가하고 있다는 느낌이 있다. '하느님'은 짓궂기 때문에 이해심이 부족하다. '우는 아이와 하느님은 당해 낼 수가 없다'고 말할 정도다. 그래서 우리는 할 수 있는 방법을 모두 써 보고 어느 지점까지 왔을 때

"이 정도면 됐어."

라며 단언할 수밖에 없는 것이다. 그리고 자신의 머리를 쓰다듬

어 주면 된다.

이 세상에는 '하느님'의 짓궂은 장난을 피하며 만사 순조롭게 행운에 행운을 거듭하는 사람도 있다. 하지만 그건 '하느님'이 그들을 예뻐해서가 아니라 나중에 공격하기 위해 지금은 내버려 두는 것이다.

그런데 지금 '하느님'이 내 짐작을 들으셨다면 "그 정도면 됐어"라고 말씀하실 것 같다.

좋은 남자

여자 몇 명만 모이면 "요즘 괜찮은 남자가 없어!"라는 화제로 자리가 떠들썩해진다.

그래? 나는 꽤 있다고 생각하지만 왜 그런가 하고 그들 이야기에 귀 기울여 보니, 각자 생각하는 '좋은 남자'의 기준이 꽤 높았다. 첫 번째, 인텔리가 아니면 안 된다고 한다. 심지어 외모도 괜찮고 '섹시함'이 '뚝뚝' 떨어져야 한단다.

인텔리와 '섹시함 뚝뚝'이 아무 저항감 없이 공생할 수 있다고 보는 건가. 이건 생각해 볼 것도 없지 않나.

이래서 젊은 여자는 어리석다.(단, 여기서 젊은 여자란 내 입장에서 봤을 때를 말한다. 그 자리에 있던 여자 모두 40대, 50대였다. 70대인

나는 이미 성스럽다고 할 나이인 셈이다.)

내 주변에는 괜찮은 남자가 가끔 있기는 하던데. 나는 '꽤 있다' 는 주의다. 이건 내 기준이 낮아서가 아니라 타입이 다른 것이다.

나도 지식인층을 좋아하지만 그 또한 극히 적당한 수준이면 된다.(내가 선술집에 앉아서 가장 먼저 하는 말은 "술안주는 적당한 걸로!"다. 남자를 고를 때도 이와 비슷하다.) 특별히 영어나 프랑스어가 유창하지 않아도 된다. 생계 수단이면 몰라도.

'섹시함 뚝뚝'이라면 더할 나위 없이 좋겠지만, 뭐 이 또한 보통이면 된다.

남자가 중년이 되면 얼굴에도 책임이 따르는데, 이것도 중간이면 된다. 결혼식장이나 장례식장, 주문 도시락, 축하 답례품, 부의 답례품 같은 것을 보면, 소나무, 대나무, 매화처럼 등급이 매겨져 있다. 이 등급으로 생각했을 때, 대나무 정도면 상급이다. 어쩌다 잘생긴 외모로 태어나도 그 무기 쓰는 법을 몰라서 제대로 쓰지 못하다가 결국 평범한 남자보다 보기 흉하게 늙는 남자도 많다. 그러니까 외모도 그럭저럭이면 된다.

좋은 남자란 귀염성 있는 남자다.

여기서 '귀염성'에 대한 설명이 필요할 것 같다.

남자도 여자 못지않게 인생살이가 고되지만(순서가 바뀌었다고 불평하는 남자도 있겠지) 그런 와중에도 무엇 때문인지 사람들에게 인기 있는 남자가 있다.

그 남자들을 살펴봤더니 본인의 특이한 주관이나 취미, 취향을 지나치게 고집하지 않는 남자인 것 같았다. 그런 남자한테는 나 또한 호감이 간다.

그렇다고 해서 사사건건 융통성을 발휘해 쉽게 꺾이는 남자도 매력 없다. 그렇게까지 둥글둥글할 필요는 없다. 다소 모가 나 있어도 된다고 생각한다. 남자에게는 체면이란 게 있기 때문에 때때로 그걸 꺼내 보이면 된다. 정기권처럼 말이다. 나는 '남자의 체면을 정기권처럼 꺼내 써야 한다'는 주의다. 체면을 내세우거나 도로 물리는 남자는 귀염성이 있는 남자다. 주의나 신조를 내세우거나 도로 물리는 데서 인간의 기량을 엿볼 수 있다.

실패담을 솔직하게 털어놓거나 엄살을 부리는 것도 귀염성 중 하나다.

딱히 위로를 받겠다거나 다시 일어설 수 있게 해결해 달라는 속셈으로 털어놓는 것이 아니라, 순수하게 그저 지나가는 말로

"어휴, 정말 이러지도 저러지도 못하겠어. 두 손 두 발 다 들었다니까."

라고 웃으며 말하는데, 어떤 남자에게 이 웃음은 눈물 대신일

것이다.

하지만 또 좋은 일이 생기면 자신이 그것 때문에 들떠 있다는 것을 타인에게 들켜도 개의치 않는다. 이걸 보고 솔직하다고 하는 걸까.(순박하다는 말과는 조금 다른 느낌이다.)

그렇다고 해서 팔면영롱할 정도로 멋있는 것도 아니다. 강하고 솔직한 것도 아니다.

말하자면, '귀염성'에는 '덜렁거리는' 면도 약간 섞여 있다.

"그 말은 즉, 남자를 다소 깔보는 경향이 있으시다는 건가요?"

라고 한 남자가 묻는다. 뭐 어느 정도는. 하지만 나쁜 의미로 그러는 것은 아니다. 애정 없이 깔보는 건 안 되지만, 그 사람의 '귀염성'을 헤아리면서 깔보는 건 기분을 더 맛나게 하는 향신료가 된다.

남자의 '귀염성'을 중요시하는 여자의 마음에는 남자를 깔보기는커녕 존경이 담겨 있다.

그건 곧 '귀염성'이란 심술과 거리가 멀다는 인식이 있기 때문이다. "남자와 심술은 궁합이 좋아서 남자 대부분은 심술궂다"고 말하는 비관적인 여자도 있다. 하지만 환경이나 입장에 따라 그런 남자가 있을 수도 있지만, 남자 모두가 그렇다고 단정할 수 없다.

옛말 중에 '심보가 고약하다'는 말이 있다. 이 말은 심술궂다는 의미를 담고 있는데, 심보가 고약하다는 말의 어감부터 착 들러붙는 것이 꽤 적절하다고 생각한다. 이와나미에서 나온 《고어사전》

에 따르면 "원한이나 앙심을 품고 있고 사고방식이나 남의 말을 받아들이는 방식이 솔직하지 않다. 마음씨가 나쁘다"는 뜻이다.

이 말은 《겐지 이야기》에도 사용되었는데, '반딧불' 편을 보면 "심보가 고약한 계모에 관한 옛날이야기도 많구나"라는 구절이 나온다. 겐지는 외동딸인 아사시노히메기미를 위해 이야기를 모으는데, 계모인 무라사키노우에를 배려해 심술궂은 계모가 나오는 이야기를 거른다. 고상한 언어로 쓰인 이야기에 '심보가 고약하다'라는 말은 너무 인상적이고 강한 말이다.

심보가 고약하지 않은 남자는 이 세상의 보물로 귀히 여길 만하고 충분히 애착할 만하다. 이어서 이 말까지 덧붙이고 싶다.

좋은 남자란 귀염성이 있고 정도를 아는 남자다.

'정도를 안다'는 건 어려운 일이다. 행동이나 사고의 한계, 적절한 시기, 예상을 제대로 하는 걸 말하는데, 그걸 참으로 알맞고 적절하게(나는 이 단어를 참 좋아하는 것 같다) 해내면,
'어머, 내가 의지할 만한 좋은 남자 같아…….'
라며 홀딱 반해 버린다.

이 또한 '지나침은 모자라느니만 못하다'와 같아서 상대방에게 '정도'를 강요하면 간섭한다고 여길 것이다. 사회생활이란 게 참으

로 어렵다.

젊었을 때 모두 모여서 분위기가 무르익으면 적당한 시기를 가늠하다가 반드시

"자, 아쉽지만 이제 슬슬 일어나겠습니다."

라며 자리를 정리하는 남자가 있었다. 우리는 그 남자에게 '셔터남'이란 별명을 붙여 주었다. 젊을 때는 그러는 것 또한 애교로 봐줄 수 있다. 그러나 중년 혹은 장년의 남자라면 굳이 다른 사람이 말하지 않아도 때가 되면 일어서는 것이 바람직하다.

그래서 알맞은 정도를 안다는 건 자신의 현재 위치를 파악하는 감이 좋다는 의미이기도 할 것이다.

"……그렇게 어려운 조건이면, 좋은 남자 찾기 쉽지 않겠어요."

라고 40대 여자가 한숨을 쉬며 말한다.

글쎄.

위에서 말한 조건은 딱히 특정한 남자를 염두에 두고 한 말이 아니라 오늘날 아주 평범한, 쉽게 볼 수 있는 남자 모두를 떠올리며 생각한 것이다. 아무튼 나는 좋은 남자는 '꽤 있다'는 주의니까.

"아, 그러고 보니,"

50대 여자가 눈을 반짝거리며 말한다.(남자 이야기 할 때 안 그런 여자가 있겠냐마는)

"정도를 안다는 말을 듣고 떠오른 생각인데, 저 컴퓨터 배우기

시작했거든요. 그런데 젊은 남자한테 배우면 전혀 이해가 안 가요. 상대를 배려하지 않고 앞으로 쭉쭉 나가는 거예요. 하지만 저는 한두 번 들어서는 이해가 안 되거든요. 그래서 어쩔 수 없이 중년 남자한테 배우기로 했어요."

"그 사람은 몇 살인데요?"

라고 다른 40대 여자가 물었다.

"정년퇴직한 사람이야. 돋보기 쓰고 자세히 가르쳐 주더라고. 아주 적절하고 빈틈없고 요령까지 좋더라니까."

"그렇구나."

"게다가 붙임성도 좋아. 회사에서 영업 일을 오래 하셨나 봐. 그래서인지 겸손하시고……."

50대 여자는 한층 눈이 반짝이는 것처럼 보였다.

"뭐랄까. 사려 깊게 가르쳐 준달까. 이런 것도 모르냐는 뉘앙스가 전혀 없고, 오히려 본인이 더 몸을 낮추는 듯한 느낌."

무슨 말인지 알 것 같다. 남자도 사회생활을 오래하며 고생하다 보면, 자신의 박식함이나 지혜를 내세우기 부끄러워하고 다른 사람을 가르치는 걸 민망해한다. 남자가 수줍어하는 그 모습도 멋이 있다.

"어머, 꽤 괜찮은 남자잖아"라고 모두 입을 모았다.

"그럼 뭐 해. 옆집 남편인걸. 하지만 재미있는 사람이야."

좋다. 위에서 언급한 아포리즘에 더욱 살을 붙여 보자면

> 좋은 남자란 귀염성 있고 정도를 알며 '삶을 사랑하는' 사
> 람이다.

사람이라면 누구나 나이를 먹으면 먹을수록 '삶에 찌들어' 가지만, 그래도 몇 살이 되었든 인생을 즐기는 남자는 멋있는 사람일 것이다.

특별히 자기주장이 센 것도 아니고 그렇다고 '섹시함이 뚝뚝' 떨어지는 것도 아니지만, 재미있는 일을 잘 찾아내고 궁극적으로 '삶을 즐기는' 남자. "그런 남자가 좋은 남자 아닐까요"라고 모두 입을 모은다.

"하지만 그런 남자가 과연 있을까. 꼭 간이 안 좋거나 당뇨가 있거나 천식이 있더라고. 어떤 남자는 파친코가 유일한 취미인데, 이것만 하면 정도라는 걸 잊어버려. 내 주변엔 그런 남자밖에 없어……."

여자들은 입을 모아 말했다.

나는 70대 여자의 관록을 담아 엄숙하게 말했다.

"여자를 만드는 건 남자지만, 남자를 만드는 것도 여자예요. 좋은 남자를 만드는 것도 당신들 책임이야. 열심히들 하세요."

가정의 운영

냄새나는 것에는 뚜껑을. 그것이 가정의 행복이다.

"가정의 행복은 모든 악의 근원이다." 다자이 오사무가 이런 말을 한 적이 있다.(〈가정의 행복〉) 이 아포리즘은 여전히 많은 사람들에게 회자되고 있는데, 그렇다면 사람들은 이 문장의 의미를 어떻게 받아들이고 있을까. 다자이는 가정의 행복이란 이기심의 결정체라는 말을 하고 싶었던 것으로 기억한다.

그건 그렇고, 타인이 눈살을 찌푸릴 정도로 행복한 가정이 요즘 세상에도 있을까.(신혼부부는 제외)

벌써 십 년도 더 된 일이다. 결혼한 지 십 년이 넘었고 딸이 둘 있다는 30대 주부가 한 신문의 여성 칼럼란에 투고했다. 본인의 가정이 얼마나 행복한지 자세히 써 내려간 내용이었다. 그 투고가 왜 채택되었는지 불분명하지만, 당시 내가 그 투고를 보고 어느 정도 반향이 있겠다고 추측한 이유는 다 읽고 나서 '아, 천생 여자로구나'라는 생각이 들었기 때문이다. 이 투고자에게는 그 글을 읽을 사람에 대한 배려가 눈곱만큼도 없었다. 있는 것이라고는

'제 행복 좀 보고 가세요. 이렇게 행복한 사람 아무도 없을걸요. 제 말이 맞죠?'

라는 노골적인 자아도취와 교만이었다. 남자라면 무슨 사정이 있든 간에 남에게 이런 글을 읽히지는 않을 것이다. 남자는 실패한 일은 말해도 성공한 일은 숨기기 마련이니까.

그때 한 남자가 "그게 바로 무사의 소양 아닙니까!"라는 말을 툭 내뱉었다.

"좋은 일, 기쁜 일이 있어도 다른 사람한테 떠벌이지 않고, 과묵하게 속으로 씨익 웃고 맙니다! 그뿐 아니라 내 인생의 목적이 뭔지, 마누라는 어떤지, 혹은 우리 집은 어떤지 자기 생각이나 느낌, 지론 같은 것도 전혀 입 밖에 내지 않아요! 그저 속에 담아 두죠. 그게 남자의 체면이라는 겁니다!"라고 남자는 말했다.

뭐, 어쨌든.

만일 '대놓고 가정의 행복을 떠벌인' 그 투고를 혼자 사는 여자

가 읽었다면 반감과 적의를 불러일으켰을 것이고, 가정불화 때문에 힘들어 하는 여자가 읽었다면 질투나 증오심을 부추겼을 것이다. 일반 독자가 봤다면, 그 절도를 모르는 '자화자찬'이 당황스러웠을 것이다. 그런 면에서 그 투고는 부정적인 의미에서 반향을 일으키지 않겠나 하는 것이 내 생각이다. 그렇다면 그 투고에 지면을 내준 신문사의 기대에는 부응한 셈이 되는 건가.

아, 이 글에 긍정적인 면도 하나 있다. "가정의 행복은 모든 악의 근원"이라는 다자이 오사무의 아포리즘이 그 특유의 역설적 표현이 아니라 진리였다는 걸 깨닫게 했다는 점이다. 가정의 행복은 그 가정 안에서는 좋은 향기를 풍기지만 밖으로 새어 나오면 악취를 풍긴다. 따라서 처음에 언급한 내 아포리즘 "냄새나는 것에는 뚜껑을. 그것이 가정의 행복"이라는 문장도 그로부터 비롯된 것이다.

그러니까 '가정의 행복'에 과묵한 남자의 태도는 어른의 감각이라고 볼 수도 있다.

하지만 세월이 흐르고 강산이 변했고, 이제는 여자와 남자 모두 가정의 행복을 떠벌리지 않게 되었다. 일하는 여성도 많아져서 남자와 같은 사고방식을 갖게 되었다.

생각해 보면 옛날에는 단순했다. 이 투고자처럼 나를 매우 사랑하고 부지런히 일하는 남편, 건강히 잘 자라는 아이, 결혼기념일에

꽃을 장식하고 직접 만든 요리로 축하 파티를 하는 그림 같은 행복이 고스란히 여자의 강한 만족감으로 돌아왔다. 하지만 지금의 가정은 그늘이 더 짙어졌다.

세상이 더 문명화된 건지, 발전한 건지. 혹은 억눌려 있던 무언가가 터져 나온 건지.

사람들은 인생을 살면서 가정이라는 울타리 밖에 있는 금단의 영역에 얼마나 재미있는 게 많은지 잘 알게 되었다.

행복과 쾌락은 다르다는 걸 발견했다고 볼 수도 있을 것이다.

요컨대 예전의 소박한 가정관은 (지금도 여전히 그 환상을 품고 있는 사람이 있지만) 이제 변모하고 있다.

사람들은 삶에 지쳤다. 모두가 팍팍하게 살고 있다.

참으로 딱한 일이다.

하지만 이 또한 생생유전生生流轉하는 인생의 실체이기 때문에 달리 도리가 없다. 예전으로 다시 돌아갈 수는 없다. 조메이◆ 씨도 "흐르는 강물은 멈추는 일이 없으니, 오늘의 물은 어제의 그것이 아니"라고 말씀하셨다.

남자와 여자 모두 이 세상에 재미있는 게 많다는 걸 알게 되었으니, 가정을 제대로 운영하기가 어려워졌다.

◆ 가모노 조메이(鴨長明). 13세기에 활동한 일본의 시인이자 비평가.

가정에 쾌락이 있을 수 있을까. (없지는 않겠지만) 인간관계라는 것도 가끔 만나야 재미있는 것이다. 남자의 자아, 여자의 자아. 에고와 에고. 뱃전이 서로 맞닿을 정도로 가까워야 긴장감이 있고 항해도 더 재미있는 법이다.

그러나 집에서까지 그렇게 긴장한다면 몸이 버티지 못할 것이다. 따라서 내가 생각한 두 번째 아포리즘은 이것이다.

가정에서 쾌락을 찾기란 불가능하다. 평화와 쾌락은 양립하지 않기 때문이다.

내 남자 친구는 '가정의 행복'에 관해서는 침묵하지만, 본인이 재미있었던 이야기를 할 때는 묻지도 않았는데 나불나불 떠든다. 어차피 재미있는 이야기라고 해 봤자, 그리 대단할 것도 없는 사소하고 싱거운 일이다. 여자에게 깜박 넘어가 휘둘리면서 여기저기 끌려다니고 돈도 꽤 썼는데 허무하게 차였다는 이야기.

"어휴, 너무 비참해."

나에게 털어놓아서 속 시원한 모양이었다. 이어서 그는

"하아, 안 어울리는 짓은 하는 게 아니야."

라고 푸념했는데, 그것이 곧 이 대화의 결론이 되었다. 그렇게 그는 자신과 가장 잘 어울리는 제 집으로 돌아갔다. 그에게 집이 있어서 다행이다.

'가정'이란 사람이 '쾌락에 지쳤을 때' 필요한 것이다. 인간의 피로는 보통 질병, 노동, 스트레스 등에서 비롯되지만 그 외에도 지나치게 쾌락을 좇다 보니 피로가 축적되는 경우도 있다.

여기서 쾌락은 인간관계뿐만 아니라 취미에서도 느낄 수 있는 것이다. 사회적 허용 범위 안에서 누린다면야 상관없지만 도박, 엽색, 술주정, 낭비, 변태 행위 등 나쁘다는 건 보통 재미있다. 가정의 행복이나 평화와 상반대극에 있는 것들이다.

'쾌락에 지쳤을 때' 돌아갈 집이 있기 때문에 그에 몰두할 수 있는 것이다. 그런데 언제든 돌아갈 수 있는 그 집이 과연 언제까지 그 자리에 있을까.

최근 사람들이 은밀히 우려하는 문제 중 하나가 주부의 파친코 중독이라고 한다. 지금은 이 정도지만 시간이 지나면 엄청난 사회현상이 되지 않을까. 세상 물정에 어두운 나 같은 사람이 봐도 목덜미가 서늘해질 정도다.

내 남자 친구가 '쾌락'을 탐방하는 건 아직 애교 수준이지만, 주부의 방탕에서는 유머가 느껴지지 않는다. 그래서 그런지 황폐한 느낌이 강하다. 여자는 상대적으로 남자에 비해 '쾌락'에 대한 면역력이 약해서 한번 빠지면 헤어나기 힘든 모양이다.

"여자라고 해도 중독되는 사람만 중독돼요. 남자도 빠지는 사람만 빠지잖아요. 도박 중독은 옛날부터 있었던 거고요."

어느 중년 여성의 견해다.

"나는 파친코는 안 하지만 복권에 빠져 있어. 매번 열 장씩 산다니까."

이건 그 정도의 규모가 아니라고.

"나도 파친코에 빠삭한 건 아니지만, 요즘은 판돈 1만 엔 가져가도 순식간에 다 잃는다고 하잖아."

주부가 무언가에 깊이 빠지면 돌이킬 수 없다. 그때는 가정의 평화가 어떻다느니 행복이 어떻다느니 그런 말이 나오지 않는다.

그리고 쾌락과 평화는 양립하지 않는다는 성찰도 태평한 말이 되었다. 아무튼 당분간은 어떤 방법을 써서라도 가정을 '지켜야' 하지 않을까.

그런데 '쾌락'에 빠진 사람의 가정만 무너지는 건 아니다. (그런 사람들은 판단력이 흐려져서 아무 생각도 못하겠지만) 극히 평범한 남자와 여자에게도 '가정 붕괴'의 위기는 늘 도사리고 있다.

"앗, 나한테도 올 수 있다고요?"

중년 여성이 깜짝 놀란다.

"그건 안 돼요. 저, 아르바이트 하고 있는데 그걸로는 먹고살 수 없다고요. 우리 남편도 겉으로는 센 척하지만 혼자서 아무것도 못하는 양반이에요. 부엌에 들어가 본 적도 없고 세탁기도 못 돌리고 벗은 옷도 그 자리에 그냥 둬요. 가정교육을 잘못 받았어요."

알았어, 알았으니까 일단 가정을 지키세요. 어떻게 지키냐고요? 여기서 세 번째 아포리즘입니다.

가정은 살살 달래 가며 지키는 것이다.

삐걱거리는 몸, 차, 기계, 원활하지 않은 인간관계를 '요리조리' 비위 맞춰 가며 상대방 눈치를 보고, 이쪽도 만족시키고 저쪽도 만족시키기 위해 백방으로 시도하고 고민하며 손을 쓴다. 터진 곳은 기우고, 칠이 벗겨진 곳은 페인트를 바르고, 망가진 곳은 비슷한 것을 구해 와서 마침 갖고 있던 철사로 고정시킨 다음 슬슬 움직여 본다. 1미터 움직이면 2미터 갈 수 있다는 마음으로. 그렇게 해 줘도 '가정'이란 녀석은 성미가 까다롭고 넉살이 좋기 때문에 '물질보다 마음'이 중요하다고 악을 쓸지 모른다. 그럴 때도 그냥 "아, 그래, 그랬구나" 하면서 또 마침 갖고 있던 마음을 꺼내 보이며 살살 넘어가면 된다.

중요한 건 어떻게 해서든 도착 지점까지 끌고 가는 것이다. 가정의 비위를 맞추는 것을 살살 달랜다고 한다. 살살 달래는 것은 사기나 편취가 아니다. '희망'의 다른 의미다.

하지만 어떤 사람에게는 살살 달래는 것도 지치는 시기가 온다.

그럴 때는 깨끗이 철회, 해소하고 새로운 가정을 만들면 된다. 그러나 그렇게 새로운 가정을 꾸려도 옛것과 비교해 보면 '가정의 운영'이란 크든 작든 간에 '살살 달래 가며 끌고 가야 하는구나'라고 깨닫게 될 것이다.

품 위

　현대 사회의 술자리에서 사라진 게 있다면 무엇일까, 라는 주제로 이야기하고 있다. 즉, 옛날에는 있었지만 지금은 없는 것.

　나는 이전부터 해 오던 생각을 바로 말했다.

　"인간의 품위 아닐까요. 품위가 있고 없고는 둘째 치고 품위 자체가 아예 흔적도 없이 사라진 것 같아."

　"어머, 맞아요. 정말 그래요."

　라고 말한 사람은 일전에 취미로 파친코를 한다고 했던 50대 여자다. 아무리 그래도 50대 여자라고 부르는 건 실례일 테니, 앞으로 그녀를 '피프티 짱'이라고 부르겠다.

　"요즘은 아저씨, 아줌마를 비롯해서 젊은이들까지도 품위라는 걸 찾아볼 수가 없어요. 왜 이렇게 됐을까. 최소한의 상식, 프라이드, 예의조차 발로 차 버린 것 같은 사람이 너무 많아요."

"아니, 난 그렇게 생각 안 해."

라고 말한 사람은 일전에 "그것이 남자의 체면이라는 겁니다!"라고 버럭 소리를 질렀던 녀석이다. 앞으로 그를 '체면 씨'라고 부르겠다.

"요즘 세상에도 품위 있는 사람이 꽤 있다고. 당신만 해도(라면서 피프티 짱을 돌아본다) 예전에 뭐 때문인지 옆집 아저씨를 칭찬했잖아."

"엇, 그건 다르지."

"이것 봐. 그건 다르지, 라고 하는 사람이 있다니까."

그럼 어떤 경우가 '다른' 경우일까. 대화는 '그렇다면 품위 있는 사람은 어떤 사람인가'로 넘어갔다.

"언제나 조용한 미소로 술을 마시고, 술 마시러 온 사람 막지 않고 가는 사람 막지 않는 사람. 이 정도면 품위 있는 거 아닌가."

라면서 체면 씨는 내 남편을 보았다. 남편은 병으로 걸음이 불편해져서 단기요양원이나 데이케어센터에 다니고 있지만, 오늘 밤에는 마침 자리에 있었다. 술을 아주 조금, 마시는 게 아니라 핥는 정도로 홀짝이면서 싱글벙글 웃다가 사람들이 모두 자신을 쳐다보자 갑자기 화를 버럭 내며 소리를 질렀다.

"왜 날 쳐다봐! 한꺼번에 쳐다보다니, 이 무슨 품위 없는 짓이야! 당사자 앞에서 대놓고 칭찬하는 것도 품위 없는 짓이라고! 난 너희들이 쳐다볼 만한 짓 안 했어!"

이게 무슨 화낼 일이라고. 참 '알다가도 모를' 사람이야.

"자화자찬하지 않는 겸손함 역시 품위 있는 법이지."

라고 체면 씨가 틈을 두지 않고 말했다.

"하지만 요즘은 본인이 스스로 내세우지 않으면 인정받기 힘들잖아요. 자신이 스스로를 칭찬하면 다른 사람들도 그렇게 생각할걸요"라고 내가 말했다.

"그 방법도 교묘해져서 자랑 아닌 것처럼 슬그머니 하더라고요. 아주 능수능란해졌어"라고 피프티 짱이 말했다.

"요즘은 겸손은 미덕이란 말이 자기 비하나 비슷한 말이 돼 버렸으니, 겸손을 품위 있는 행동이라고 보긴 힘들지"라고 내가 말했다.

품위가 있고 없고는 인간 내면세계의 척도이기 때문에 언뜻 봐서는 알 수 없다.

"그렇군. 그럼 지금까지 남자는 마음가짐, 여자는 얼굴이라고들 했는데, 이제는 그것도 아니란 말인가. 눈에 보이는 것만 가지고 평가해야 되니까 말이야."

라고 체면 씨가 말했다.

"여자는 얼굴이라니, 차별 발언이야!"

라고 피프티 짱은 새된 목소리로 몰아붙였다.

"외모로 평가하기는 뭐하지만 겉보기에 품위 없어 보이는 녀석도 분명 있잖아."

라며 체면 씨는 까나리 간장조림을 젓가락 끝으로 떠서 유리잔에 따른 찬술을 홀짝 마셨다.

"남 얘기하기는 그렇지만, 내가 아는 남자 중에 겉으로 봤을 때 명품을 쫙 빼입은 영락없는 신사가 하나 있거든. 그런데 얼굴 표정이나 말투를 들어 보면 '나 품위 없어요'라고 얼굴에 꼭 쓰여 있는 것 같다니까."

"그리고 그 반대로 옷차림은 흔하디흔한 싸구려 스타일인데 딱히 말로 표현할 수 없는 은근한 품위가 묻어나는 사람도 있어"라고 피프티 짱이 말했다.

그 말을 듣고 보니 떠오르는 게 있다. 바로 예전에 내가 만든 아포리즘이다.

> 품위 없는 사람이 품위 없는 옷을 입고 품위 없는 행동을 하는 건 올바른 선택이지 품위 없는 게 아니다.
> 그러나 품위 없는 사람이 자신과 어울리지 않는 품위 있는 물건을 지니는 건 품위 없는 일이다.

또한 품위 있는 사람이 자신이 품위 있다는 걸 알고 있는
건 품위 없는 일이다.
반대로 품위 없는 사람이 자신이 품위 없다는 걸 알고 있
는 건 품위 있는 일이다.

"뭐가 품위 있는 거고, 뭐가 품위 없는 건지 점점 헷갈리네요."
피프티 짱은 실파와 닭껍질 초된장무침(이 또한 까나리 간장조림처
럼 봄에 어울리는 안주다)을 뻐끔 입에 넣고 술을 홀짝였다.

"들어 보세요"라고 나는 점잔을 빼며 말한다.

"《오쿠로 가는 좁은 길》*을 쓸 때 바쇼가 대장정을 마치고 마지
막 고장 오가키에 도착했을 때를 생각해 보세요."

"으음, 바쇼라면 일본 문화의 '품위의 상징, 기품의 우두머리' 아
닙니까. 이것 참, 누구를 모시고 와도 질 수밖에 없겠는데요"라고
체면 씨가 말했다.

"오가키에서 바쇼는 그곳 중신인 도다 조스이라는 사무라이에
게 초대를 받아요. 조스이 씨는 당시 풍아하고 마음을 드러내지
않는 문화인으로 명망 있었던 바쇼를 만났다는 걸 진심으로 기뻐
하며 일기를 씁니다. 뭐라고 쓰냐면, 바쇼는 '심중을 헤아리기 힘

◆ 기행문과 하이쿠를 접목한 에도시대의 문학 작품.

들지만 속세를 쉽게 보지 않고 아첨하지 않으며 거만하지 않은 자'라고요.(내가 조금 전에 남편을 보고 '알다가도 모를' 사람이라고 생각한 건, 이 구절이 떠올랐기 때문이다) 즉, 바쇼 선생이 무슨 생각을 하시는지 가늠할 수 없지만, 속세와 다른 자기 나름의 가치판단을 가지고 계신 것 같다는 뜻이죠. 그러면서 간살을 부리거나 허세도 부리지 않았다고 극찬을 해요. 아첨하지 않고 교만하지 않은 사람이라니, 멋있지 않아요?"

"음, 비하도 하지 않고 허세도 부리지 않는다니, 그건 품위가 있는 거죠."

체면 씨는 감탄한다.

"현대 사회 최고의 품위 아닐까요."

피프티 짱이 소주에 따뜻한 물을 타면서 말했다. 벌써 몇 잔째인지 모르겠다.

"실제로 그런 녀석이 있다면 무슨 재미가 있겠어."

라고 갑자기 남편이 말을 보탠다. 네? 아!

"서로 비위도 맞춰 주고 에둘러서 잘난 척도 하는 게 사는 재미라는 말씀이 하고 싶으신 거죠!"

라고 나는 남편의 의견을 보충했다.

"복잡한 건 몰라. 하지만 그런 능구렁이 같은 녀석은 재미없다는 말을 하는 거야!"

남편은 병으로 예전만큼 혀가 원전활탈하게 잘 굴러가지 않아서 답답하고 짜증이 나는지, 무슨 말만 하면 사자후를 토하듯 소리를 지른다.

"그렇구나……."

무슨 생각이 떠올랐는지 피프티 짱이 고개를 깊이 끄덕였다.

"과연 품위도 넘치면 모자라느니만 못한 거군요. 품위 있는 사람이라고 무조건 싫증나지 않으라는 법도 없겠어요."

"뭐니 뭐니 해도 나는 어떻게 술을 마시느냐를 보면 품위 있는 사람인지 아닌지 알 수 있다고 봐."

체면 씨는 술 이야기만 나오면 자신만만해진다.

"물론 가장 품위 없는 사람은 술에게 먹히는 녀석이지. 곤드레만드레 취하는 건 논할 가치도 없고, 그다음으로 품위 없는 사람은 술 마시고 남을 험담하는 사람."

"하지만 그건 재밌잖아요"라고 내가 말했다.

"그럼, 술 마시면서 칭찬하는 건 괜찮고? 나는 누가 날 칭찬하는 건 좋아도 내가 다른 사람 칭찬하면서 마시기는 싫은데."

피프티 짱을 칭찬하려면 재주가 필요하기 때문에 아무리 똑똑한 사람이라도 품위 있다고 볼 수는 없을 것 같다.

"아니, 칭찬도 안 돼요. 술은 가볍게 마셔야지. 본래 술이란 게 무거운 법이거든. '술은 눈물인가, 한숨인가'라는 말도 있잖아요.

사람 사는 데 있어서 눈물과 한숨은 최고로 무거운 거예요. 그에 필적하는 게 술이니까 이 또한 무겁지. 그 무거운 걸 가볍게 마시는 거라고. 이렇다 할 것 없이 떠들면서 이렇다 할 이유 없이 마시는 거예요. 그게 바로 품위 있는 술입니다."

그 말에 나는 또 예전에 읽은 책이 떠올랐다.

다도에 관한 책에서 봤는데, 차를 마시는 방법 중 무거운 건 가볍게, 가벼운 건 무겁게 들어야 한다고 쓰여 있었다.(나는 차를 즐기지 않기 때문에 이 분야에는 어두운 편이다.)

그렇다면 '처음 마셔 봅니다'라는 마음가짐으로 마시는 게 체면 씨가 말하는 '이렇다 할 것 없이 마시는 술'일까.

나는 두 번째 아포리즘을 떠올렸다.

품위가 있다는 건 그것이 무엇이든 처음 만난 사이처럼
어색하게 대하는 것이다.

"남자의 품위라는 말을 듣고 떠오른 생각인데, 주위 사람들을 보면 별명으로 부르기 어려운 사람이 있어요. 그런 사람이라면 역시 품위 있는 사람 아닐까요?"

체면 씨의 의견인데, 나는 동의하지 않는다. 별명을 부르거나 이름을 줄여서 부를 수 있는 사람은 그런 타입의 사람이다. 즉, 인기가 많거나 대하기 편하고 좋은 의미에서 정이 가는 사람이다.

그래서 세 번째 아포리즘은

세상에는 두 종류의 남자가 있다. 별명으로 부를 수 있는
남자와 부를 수 없는 남자.

이건 품위의 유무와 상관없을 것이다.

이쯤 마시다 보니 '이렇다 할 것 없이' 마시기는커녕 낙화낭자
가 따로 없다. 다 같이 이야기하다가 예로부터 내려오는 속담도
뒤집어 보면 품위 있는 시가 된다는 사실을 발견했다.

'피는 물보다 묽다.'

예로부터 피는 물보다 진하다고 여겨 왔지만, 지금은 피가 진한
관계일수록 분쟁이 잘 일어난다. 차라리 타인이라면 선을 지키며
지낼 수 있고, 그로 인해 기품 있는 관계가 형성된다.

'늙으면 자식을 따르지 마라.'

자식이 부모를 무참하게 대하는 시대다. 따르지 않는 것이 인간
의 품위다.

체면 씨는 남편을 돌아보며 말했다.

"그럼 오래 사는 건 품위 있는 거예요, 없는 거예요? 아저씨, 일
흔여섯이란 나이는 많은 거예요, 적은 거예요?"

"꼭 알맞은 정도지!"

라고 남편이 큰 소리로 말했다. 품위 있는 대답이라며 모두가 입을 모았다.

미워할 수 없는 남자

　　아주 가끔 텔레비전 드라마를 보는데, 어쩌다 슬쩍 보면(하필이면 그런 장면을 보게 되니까 텔레비전 보는 게 부담스러운 건지도 모른다) 여자가 고압적으로 남자에게 고함지르거나, 불을 뿜을 기세로 반박하는 장면이 많이 나온다. 아니면 남자가 찍소리 못할 정도로 언성을 높이며 따지는 장면도 있다.

　　또 어떻게 손쓸 수 없을 정도로 엄청난 패닉에 빠져 울고불고하고 있을 때도 있다.(울부짖는 건 예전 드라마나 현실에서도 많이 있었던 장면이다. 하지만 '울고불고하는' 건 최근에 생긴 액션이다.)

　　그들이 하는 행동 모조리 정도를 넘어섰구나, 라고 옛날 사람인 나는 생각했다.

그러고 보니 옛날 드라마에는 여자가 남자 가슴에 꼭 안겨서 '꺼이꺼이' 우는 조신한 장면도 있었다. 내가 그렇게 말했더니 요즘 젊은이들은 '꺼이꺼이'라는 말을 모른다고 했다. 우는 소리를 표현한 의성어냐고 물었다. 그렇다면 이 말도 사어가 된 건가. '꺼이꺼이'는 옛날 부사 중 하나다. 《겐지 이야기》 중 '박꽃' 편을 보면, 유가오가 원령에게 공격당해 죽는 장면이 나온다. 겐지도 울고 고레미쓰도 운다. '이 사람도 꺼이꺼이 우누나.'

천년 동안 쓰인 말인데 한 조각 바람에 날려 흩어져 버리다니.

뭐, 상관없다.

그 오버 액션으로 날뛰는 태풍 같은 여자(미국의 지시였는지 어떤지 모르지만, 전쟁 직후 태풍에는 모두 여자 이름이 붙었다)를 보고 있자니, 머릿속에 번뜩 하고 아포리즘이 떠올랐다.

> 패닉에 빠지는 건 패닉에 빠진 걸 보여 줄 상대가 있기 때문이고, 꺼이꺼이 울 수 있는 건 울어 보일 상대가 있기 때문이다.

혼자 사는 여자가 패닉에 빠지면 어떻게 될까. 깜짝 놀라 줄 사람도 없고, 쩔쩔매 줄 사람도 없지 않나. 그러니 기가 막힌다고 울고불고하고 있을 수도 없다. 하지만 혼자 우는 여자는 있을지도 모르겠다. 여자가 우는 건 인생의 부품 교체, 혹은 분해 청소 같은 거라서 혼자 우는 것도 삶의 위안이 된다. 여자의 눈물은 대개 자기연민으로 버무려져 있기 때문에 달콤하고 맛있다.

하지만 눈물이란 정말 힘들 때는 나오지 않는 법이다.

그 대신 자기 살을 깎기 시작한다. 그리고 마음이 푹 파이기 시작한다…… 라고 말하면 좋겠지만, 사실 오사카 여자는 야마타의 이무기◆처럼 머리가 여덟 개 정도 된다. 그 머리 중 하나는 눈물조차 흘리지 못할 정도로 고통스러워 하지만, 또 다른 머리는 자기연민이라는 맛있는 눈물에 도취되어 있고, 또 다른 머리는 오늘 밤 야식으로 뭘 먹을지, 냉장고 안에 뭐가 있는지 생각하고, 또 다른 머리는 이렇게 울면 내일 얼굴이 퉁퉁 부을 텐데 회사 사람들이 힐끔거리면 어떡하지 걱정하며, 또 다른 머리는 에잇, 차라리 꼬치구이집에서 한잔하며 기분전환이라도 하자, 아직 버스도 있잖아…… 따위를 생각하는 것이다. 야마타의 이무기는 이렇게 균형을 잡아가며 살아간다.

그건 그렇고, 패닉에 빠진 모습이나 우는 모습을 보여 줄 수 있는 상대란 어떤 남자일까. 요즘 드라마에 나오는 남자는 하나같이 나약하고 여자에게 등 떠밀려 마지못해 행동하는 사람뿐이다. 제

◆ 일본 신화에 나오는 여덟 개의 머리와 여덟 개의 꼬리가 달린 뱀.

대로 된 대책을 구할 수 있는 능력이 없다.

드라마 속 남자들은 거칠어진 여자를 보고 어쩔 줄 몰라 한다. 아마 현실 속 남자들도 마찬가지일 것이다. 당황해서 사과하거나, 아니면 몸을 움츠리고 태풍이 지나가기를 잠자코 기다리거나.

여자는 지금 당장 흑이냐 백이냐 결론을 내라는 게 아니다. 다 떠나서 지금은 자신이 혼란에 빠졌고 울고 있다는 것만 이해해 주면 되는 것이다. 멈칫거리며 뒷걸음질 치려는 남자는 안 된다. 우는 모습을 보여 줄 가치도 없다. 하물며 궁지에 몰린 쥐가 고양이를 무는 격으로 반격하는 남자는 표준 이하다.

이 세상에는 무신경하게 바지를 지어 입었나 싶은 남자도 있고, 여자가 애써 일생일대의 명연기를 펼치고 있는데 무심결에 시선을 텔레비전 스포츠 뉴스로 돌리는 녀석도 있다. 깜박 한눈을 파는 남자는 정말 구제 불능이다. 그럴 때 여자와 진지하게 맞서서 (맞선다고 해서 '폭력에 맞서다'의 그 의미는 아니다) 되든 안 되든

"음, 당신 기분은 알지만…… 잘 아는데, 그러니까 아무래도 살다 보면 뭔가 어긋나기도 하고, 시기적으로도 맞아야 되고, 아, 그러니까, 음, 뭐랄까, 내 말은, 아……."

무슨 말을 하는지 도통 모르겠어도 일단은 계속 떠들어야 한다. 말이 앞뒤가 맞지 않더라도

"아, 그랬구나. 아, 네가 무슨 말을 하는지 잘 알겠어. 잘 알지, 왜

모르겠어……."

전혀 알 수 없는 말을 거듭하며 여자의 반격을 살피며 가로막고, (그러고 보니 처음에는 '당신'이라고 했는데, 뒤로 갈수록 더 스스럼없이 달래는 뉘앙스를 풍기며 '너'라고 바꿔 부르고 있다.)

"네 기분이 어떨지 다 안다니까. 그래, 그래. 네 말이 맞아……."

이런 식으로 여자의 뿔을 당기고 상아를 뽑는 것이다.

남자가 이렇게 나오면 여자도 패닉에 빠지길 잘했다 싶을 것이고, 운 보람도 느낄 것이다. '보여 줄 상대'가 있어야 한다는 건 바로 이런 남자를 말한다.

나는 이런 남자를 '귀염성 있는 남자'라고 말하고 싶다. 그래서 두 번째 아포리즘은

'귀여운 남자'와는 금방 끝나지만, '귀염성 있는 남자'와
의 관계는 느슨하게 지속된다.

'귀여운 남자'와 '귀염성 있는 남자'의 차이는, 와라비모치◆와 사쿠라모치◆ 같은 것이다. 와라비모치는 한입에 먹으면 그만이지

◆ 고사리가루를 반죽해 찐 떡으로, 콩고물을 묻혀 먹는다.
◆ 밀가루 반죽을 타원형으로 구워 안에 팥소를 넣어 만 다음, 소금에 절인 벚나무 잎사귀를 두른 떡이다.

만, 사쿠라모치는 벚나무 잎사귀째 먹는 사람도 있고 조심스레 잎사귀를 떼어 내고 먹는 사람도 있다. 그리고 그 잎사귀의 소금기가 매우 절묘해서 떡에 은은한 여운을 남기는데, 그래서 결국 잎사귀를 떼어 내고 먹은 사람도 잎에 남은 부스러기에 미련을 못버리고 잎까지 다 먹는다. 쉽게 말해서, 사쿠라모치에는 '한마디로 설명하기 어려운' 맛이 휘감겨 있다. '귀염성'도 그와 비슷하다.

'귀여운 남자'는 애교를 잘 부리고 애완동물 같으며 제멋대로 굴 때도 있고(제멋대로인 남자가 매력 있다는 여자도 있다), 사람에 따라서는 매정한 사람도 있다.

잘생긴 남자가 매정하다면 그 또한 매력일지도 모른다. 말하자면, 그 매력에 씌어 있는 동안에는 '귀여운 남자'인 것이다.

그러나 인생의 풍향은 바뀌는 법이다.

맛있는 음식이 영원히 맛있으리라는 보장은 없다. 여자의 인생 컨디션에 따라 다르겠지만 단순히 '입맛이 변할' 수도 있다.

그렇게 되면 이제껏 맛있다고 여겼던 남자가 그렇지도 않았다는 걸 깨닫는다. 깨닫는 데서 그치지 않고, 심지어 맛있다고 여겼던 점이 역겨워지기 시작한다. 여자는 생각한다. '감기 기운이 있어서 입맛이 변했나 봐'라고. 이처럼 '귀여운 남자'는 금방 질리는 법이다.

'귀염성 있는 남자'는 한마디로 설명하기 힘든 분위기를 풍긴다.

시시각각 다른 맛을 내고 빛깔도 자주 바뀐다.

'귀염성'을 정의하기란 어렵다. 가령 '미워할 수 없다'는 말로 바꿔 보면 어떨까.

말과 행동이 다르다며 여자가 화를 내도 남자가 조잘조잘 말을 걸어 주고 끈기 있게 설득해 주면, 어느새 '그 말도 맞아'라는 생각이 든다. 이때 여자가 설득당했다든가, 꼼짝없이 당했다든가, 눈물 작전에 속았다는 생각이 들면 남자의 설득력이 미숙한 것이다. 은근히, 무심코 '그 말이 맞아'라는 생각이 들도록 해야 한다.

시나브로 마음이 풀려야 하는 것이다.

나는 이런 사람을 '미워할 수 없는 남자'라고 하는데, 이런 남자가 앞에 있어야만 여자는 패닉에 빠지거나 울고불고할 수 있다. 할 수 있다기보다 해 보고 싶어진다. '패닉에 빠지고 싶은 욕망' '울고불고하고 싶은 욕망'이 싹트는 것이다.

하지만 일본 남자 중에 이렇게 조잘조잘 말이 많은 남자가 있을까.《겐지 이야기》의 겐지가 천년의 히어로일 수 있는 건 그가 달변이기 때문이다. 모든 수단을 동원해 여자를 행복하게 해 주고 그를 사랑하게 만든다.

달변에 몸이 가볍고(엉덩이가 무거운 남자는 안 된다) 다정다감하면서 여자가 패닉에 빠져도 동요하지 않는 넉살까지 숨기고 있다. 그걸 세 치의 혀로 얼버무리는데, 그 술수의 맛이 어찌나 절묘한지.

하지만 가벼워도 되는 건 입뿐이다.

이 세상에는 철새 같은 남자가 있다. 시바마타의 도라 상♦, 셰인♦, 고가라시 몬지로♦, 고바야시 아키라♦, 바쇼 종승 모두 갑자기 홀쩍 나타났다가 어디로 간다는 말없이 '떠난다'.

이렇게 제 마음대로 '떠나는' 남자는 전혀 귀엽지 않다.

'떠나기'를 꿈꾸면서도 늘 그곳에 있는 남자. 땅을 팔고 타국 유랑을 꿈꾸면서도 여자 옆에 있어 주는 남자. 이런 남자라면 미워할 수 없지 않을까.

여자가 패닉에 빠졌다는 걸 보여 주면 '하아, 또 시작이야'라는 생각이 들지라도 그녀 앞에서는 '또 시작이냐'는 말을 절대 하지 않는다. 마치 처음 보는 것처럼 허둥지둥 난감해하는 모습을 보여 준다. 말을 되는 대로 조리 없이 우물우물 늘어놓는다. 아, 그러고 보니 남자, 여자 모두 서로에게 보여 주고 있구나. 하지만 그렇게 느슨하게 사귀다가 제한 시간이 끝나는 것이야말로 '미워할 수 없는 남자'의 최대 장점일지도 모른다.

♦ 일본 희극 시리즈《남자는 괴로워》의 남자 주인공 구루마 도라지로를 말한다.
♦ 미국 서부영화《셰인》의 남자 주인공.
♦ 사사자와 사호의 유랑소설《고가라시몬지로(木枯らし紋次郎)》의 주인공.
♦ 일본의 배우이자 가수.

늙으면

인간의 나이는 주관적이다.

나이가 들고 나서 절실히 깨달았다. 요즘 세상만큼 '늙음'에 관한 개념이 뒤집힌 시대는 없었다는 것을. 그래서 이번 글은 '오늘날의 늙음에 관한 고찰'이다.

맨 위 문장은 늙음에 대한 내 첫 번째 아포리즘이다.

노老라는 말과 글자의 이미지를 살펴보면, 숙로宿老, 노숙老熟, 노련老鍊처럼 존경의 울림을 가진 말도 있지만, 일반적인 개념으로는 노후老朽, 노해老害◆, 노회老獪, 노추老醜, 노잔老殘◆, 노망老妄처럼 잔인한 의미를 가진 말도 많다.

주변 사람들이 누군가의 나이를 듣고 그 사람에게 위의 이미지를 덮어씌우기도 하고, 본인 스스로가 '老'라는 글자가 주는 이미지에 영향을 받아 노경老境이라는 울타리 안으로 들어가야 한다고 믿기도 한다. 옛날에는 그렇게 해도 사회가 그럭저럭 잘 굴러갔다.

하지만 현대 사회에서 나이 먹는 법은 매우 개인적이다. 예순이라서, 일흔이라서, 여든이라서, 라고 일률적으로 논하는 게 불가능하다. 예순인데 벌써 노망이 든 사람도 있고 여든치고는 정정한, 아니 혈기 왕성하고 발랄한 사람도 있다. 남녀 모두 제각각이다. 그러니까 나이는 자기신고제로 해야 한다.

다른 사람 이야기는 차치하고 내 이야기를 해 보자. 나는 현재 만으로 일흔셋을 조금 넘긴 나이로, 세상의 셈법으로 보면 두말할 것 없이 노파다.

하지만 왠지 나는 평생 무사태평한 사람이라서 나이를 자각하거나 경계하는 법을 모른 채 살았다. 이것만 봐도 나는 아직 어른이 아니다. 이 세상에는 젊은 시절을 지나 어른이 되고 늙어서도 장년의 체력과 기력을 유지하며 나이가 들수록 원숙함을 더해 가는, 순리에 맞는 단계를 밟아 노인이 된 분도 계신다. 그분들은 노령을 자각하면서 충실한 '노년'을 보내고 계신다. 훌륭한 노인이라

◆ 지도층이 고령화하고 원활한 세대교체가 이루어지지 않아 조직이 노화하는 현상.
◆ 늙어도 죽지 못해서 살아 있음.

고 해야 마땅하다.

그러나 나는 철부지 어린 시절 그대로 나이만 먹은 노파가 되었다. 머리도 인격도 제대로 단련돼 있지 않다. 인덕을 쌓아야 한다는 건 알지만 어쩌다 보니 나이만 먹고 속은 텅 빈 쭉정이가 되었다. 세상에는 이런 '노인'도 있는 것이다. 옛날에는 이런 노인도 가족이라는 울타리 안에서 보호받으며 어떻게든 '노생'을 마무리할 수 있었다. 하지만 바야흐로 '쭉정이 노인'들은 나 홀로 인생을 개척해야 한다. 나이 드는 게 벼슬도 아니고, 생계를 꾸리는 데 전혀 도움이 안 된다. 보고 배울 사람도 없다.

달리 어쩔 수 없으니 일단 열심히 살고 있다. 그러나 이 점이 하느님, 부처님에게 감사한 부분이다. 나로서는 딱히 비장함도 없고, 그저 날마다 좋은 날이라는 마음가짐으로 살고 있다.

내가 그럴 수 있는 첫 번째 이유는 타고난 건강 때문이다.

하지만 아흔여섯 노모와 휠체어 탄 남편을 혼자서 돌볼 수는 없기 때문에 공공기관과 사적으로 인연이 있는 사람들의 손을 빌리고 있다.

모두의 지혜를 모아서 시간표나 일정표를 만들어 시간을 나눈다. 주변 사람들이 보기에는 힘들어 보이겠지만, 딱히 유별날 것도 없다. 날마다 바뀌는 그들의 요리를 즐기고 각자의 특기를 살려서 일을 분담한다. 예를 들어, 세탁을 잘하는 사람에게는 봉제인형을 부탁하고(몰라볼 정도로 깨끗해져서 우리 강아지도 신나 보였다), 힘이 센 사람에게는 서랍장 위치를 바꿔 달라고 부탁하면서 여러 사람들이 우리 집에 드나드는 것을 즐긴다.

요즘 내가 일하는 중에 틈틈이 즐기는 취미는 빈 종이상자에 예쁜 색종이를 붙여 장식하는 것이다. 예쁘게 장식한 상자는 엽서함이나 신문 스크랩함, 메모함, 편지함 등 용도에 따라 사용한다. 요즘은 목판으로 인쇄한 색종이를 다양하게 파니까 더 재미있다. 주위가 화사해지고 기분이 좋아진다. 얼마 전에는 보라색 비백 무늬 색종이를 구해다가 상자를 예쁘게 꾸몄다. 노모에게 선물했더니 엄청 기뻐하시며 안경과 빗 같은 것을 넣어 두셨다.

패션도 인생의 즐거움 중 하나다. 나이가 들고 나니까 의외로 오렌지나 빨강이 어울려서 내 옷장에는 그런 색이 넘친다. 지팡이도 색깔별로 다양하게 모으고 있다. 화려한 지팡이에 관심이 생긴 올드레이디가 늘어나면서 패셔너블한 지팡이를 파는 가게까지 생겼다.

이것 참, 이런 이야기를 하고 보니 내가 나이 들었다는 게 실감나지 않는다. 게다가 매일 밤 사람들과 술을 마시고(주량은 젊었을 때보다 조금 줄었다) 아침에 눈을 떴을 때도 개운하다. 그렇다면 두 번째 아포리즘은

돋보기와 지팡이만 있다면 늘는 것도 무섭지 않다. 노화
는 나쁜 게 아니다.

내 상황에서는 간호를 도와주는 사람이 꼭 있어야 한다는 전제
가 필요하지만, 그래도 나는 갖은 고생에도 무덤덤한 편이라서 위
의 아포리즘이 떠올랐다.
 내가 이 아포리즘을 생각해 낸 건 '노년'에 대한 라로슈푸코의
신랄한 잠언에 늘 회의를 느꼈기 때문이기도 하다.

 여자의 지옥, 그것은 노후의 세월이다.

글쎄, 그럴까.

사람은 나이 들면서 영광을 얻기보다는 잃을 때가 더 많
다. 매일이 그들에게서 그들의 일부를 빼앗아 간다.

그들(노인)은 모든 것을 다 보았다. 그래서 무엇도 그들
에게 새로운 매력을 줄 수 없다.

정말 그럴까.

그렇지 않다. 인간이 이 세상의 '모든 것'을 다 '보는 것'은 불가능하다. 그것이 무엇이든 간에 미지와의 조우는 늘 있는 법이다.

무슨 이야기인고 하면, 벌써 몇 개월도 더 된 일이다.

지금처럼 사람 손을 빌리기 전까지 나는 할 수 있는 한 스스로 직접 하겠다는 생각이었다. 그래서 간호와 집안일 모두 혼자서 했다. 그때는 내 일상이 어떤 실수도 없이 잘 굴러가고 있다고 자부했다. 그렇게 이 년 정도 살다 보니 괜스레 자꾸 화를 내게 되었다. 되돌아보면 이건 노화 현상이라기보다 나이를 먹으면서 고집이 세지고 고루해진 게 아니었나 싶은 생각도 든다. 그래서 떠오른 아포리즘은

늙으면 화가 많아진다.

평생 태평하게 살아온 내가 사소한 일 때문에 가슴앓이를 하거나 불만을 한가득 품은 채 입만 내밀고 있는 날이 많아졌다.

평소 튼튼하기로 소문난 내 몸이 나빠지고 있었는데도 그걸 깨닫지 못했다. 만성 수면 부족과 피로가 쌓인 결과였다. 나는 서둘러 일손을 확보해 내가 맡았던 일을 덜어 냈다. 몸은 바로 회복되었고, 그렇게 나는 원래의 태평한 인간으로 돌아올 수 있었다. 그때 나는 건강이 사람의 성격도 좌우한다는 걸 깨달았다. 이처럼

미지와의 조우는 늙어서도 계속된다. 새로운 발견을 했을 때, 사람은 깜짝 놀라 넘어진다.

　늙으면 잘 넘어진다.

"나라면 '늙으면 마음에 있는 말이 잘 튀어나온다'라고 하겠어."

피프티 짱이 말했다. "건강만 그런 게 아니야. 확실히 성미가 급해져. 급해지니까 말을 서슴없이 하게 되더라고. 그건 속내를 드러내는 거잖아. 젊었을 때는 솜뭉치에 곱게 싸 두었는데, 나이가 들면서 속내가 드러나더라고. 그만해야 된다고 생각하면서도 나도 모르게 포장도 하지 않은 속내가 튀어나와."

"당신이 지금 입고 있는 게 그 솜뭉치로 만든 거잖아."

라며 체면 씨가 놀린다.

"본인은(스스로를 '본인'이라고 하는 건 늙었다는 증거다) '늙으면 글자를 잘 잊어버린다'라고 하고 싶어. 어쩌나 자주 잊어버리는지. 하지만."

체면 씨는 위스키잔을 내려놓으면서 말을 계속했다.

"글자를 자주 잊어버리는 대신, 사전 펼치는 재미에 눈을 떴다고. 글자를 찾으려고 페이지를 넘기다 보면, 수많은 글자가 눈에 들어오거든. 사전은 죄다 글자잖아. 생각해 본 적도 없는 글자, 평소에 완전히 잊고 있던 글자와 재회하는 거지. 서로 자신도 모르게 손을 맞잡고 감격의 눈물을……."

오사카 사람은 뭐든지 만담하듯 말해서 큰일이다.

"자, 그렇게 해서 찾으려던 글자 페이지가 나오면, 또 이미 알고 있는 단어, 문장과 맞닥뜨려요. 이런 재미는 자판을 탁탁 치기만 하면 글자가 생기는 거랑 비교가 안 되지. 그래서 나이를 먹으면 글자를 잘 잊어버리지만 그렇다고 당황스럽지는 않아. 그런 면에서 '늙으면 당황하지 않는다'는 어떨까."

나는 늙어도 돋보기와 지팡이만 있으면 무서울 게 없다는 주의인데, 내가 라로슈푸코의 잠언보다 좋아하는 건 〈노기복력老驥伏櫪〉이라는 오래된 시다. 위나라 무황제 조조의 시 중에 이런 것이 있다.

늙은 준마는 마구간에 엎드려 있지만
그 뜻은 천리를 달리고
열사는 늙어도 굳센 마음은 꺾이지 않는다

하루에 천리를 가던 준마도 이제는 늙어 마구간에 웅크리고 있다. 하지만 여전히 천리를 달리기를 꿈꾼다. 사나이는 늙어도 웅심을 잃지 않는다.

이 시는 늙어서도 태평함을 잃지 않은 나에게 버팀목이 되어 준다.

"아저씨는 어때요?"

체면 씨가 관심을 유도하자 남편이 말했다.

"나는 '늙으면 마음에 걸리는 게 없다'야."

"뭐가 마음에 걸리지 않는데요?"

"오십 년 지나면 웬만한 일에는 신경이 안 쓰여."

"하지만 아저씨, 일흔 넘었잖아요. '칠십 년 지나면'이겠지요?"

라고 피프티 짱이 말을 보탠다.

"사람은 스무 살까지는 장구벌레야. 사람다운 얼굴이 불가능하지. 올챙이 같은 거라고. 스무 살이 넘으면 어떻게든 인간 구실을 하게 되지. 그때까지는 '송사리'나 마찬가지야. 다 큰 물고기 사이에 끼어 있어 봤자 어차피 피라미라서 어른인 양 섞일 수는 없지."

"하아, 스무 살 넘어야 겨우 어른의 일원이 될 수 있군요."

"일원이 되고 풍상 오십 년, 이제 대부분의 일은 신경 안 쓰여. 늙은 준마든 사나이든 다 뭔 소용이야."

아저씨는 괜히 또 정색하신다.

'늙으면 쉽게 정색한다……'라고 할 수 있을까.

남 자 와 개

남자는 개와 비슷하다.

덩치는 산만 해서 자리만 차지하는 데 비해, 속은 어리광
쟁이라서 챙겨 주지 않으면 외로워하고 딸꾹질을 한다.

여기서 딸꾹질이란 정신적인 딸꾹질을 말한다. 몸 상태가 안 좋
으면 하소연하고 기분이 상하면 여봐란듯이 얼굴에 드러낸다.

나는 앞에서 '남자'에 관한 이야기를 몇 차례 썼다.(〈좋은 남자〉
〈미워할 수 없는 남자〉) 이는 남자에 관심이 많다는 것이기도 하고
어떤 면에서는 남자에 대한 생각이 자주 바뀐다는 뜻이기도 하다.

인간은 일흔을 넘기면 변덕이 심해진다.(내가 그렇다.) '일흔을

넘기면 열정을 잊어버린다'라고 했던 건 잊어버리고 전혀 다른 이
야기를 하고 쓴다.

그건 그렇고, 오늘 떠오른 '남자'에 관한 아포리즘은 위에서 말
한 대로다. 그중에 '덩치는 산만 해서 자리만 차지한다'라고 말했
다. 남자는 집 밖에서는 어떤지 몰라도, 집 안에만 두면 왜 그렇게
자리를 차지하는 걸까. 예전에 중형견을 키운 적이 있는데 이 녀
석을 정원 구석에 묶어 두면(그래도 꽤 긴 쇠사슬이었기 때문에 자유
롭게 움직일 수 있었다) 놀거나 아무렇게나 널브러져 있고는 했다.
내가 지나가도 실눈을 뜬 채 뻔들거리며 꼬리 끝을 조금 흔들 뿐
이다. 그 개는 그걸로 의례적인 인사는 한 셈이다. 그때 그 개를 보
고 자리를 차지한다는 말의 의미를 절실히 깨달았다.

그래도 늙은 개는 아니었기 때문에 체력이 남아돌 때 내가 모습
을 보이면 아주 용맹스럽게 몸통을 구부리고 앞발을 비비면서 달
려든다. '어, 산책 가자는 건가? 놀자고? 싸우자고? 좋아. 오랜만에
한번 해보자. 어디 덤벼 봐!'라는 느낌으로 뛰어올라 사납게 짖고
는 했다. 그럼 나는 말한다.

"오늘은 바빠. 너 상대하고 있을 시간 없어. 훠이, 훠이. 저리
가!"

라며 손으로 밀어내고 지나가면

'젠장, 싸움을 걸면 받아 줘야 할 거 아냐!'라고 하듯 정신없이

짖어 대며 발을 동동 구른다. 어찌나 손이 많이 가는지. 참 거추장
스러운 존재구나 싶었다. 똑똑한 개라면 주인이 바빠 보이면 얌전
히 기다리다가 앞발을 동그랗게 오므리며 기특하게

'일하시느라 수고하십니다'라고 하듯 웃을 것이다.(설마)

그러면, 하다못해 남자에게 그러길 바라는 것도 무리겠지.

그래서 '남자 딸린 여성 노동자'는 일도 마음껏 할 수 없다. 위의
아포리즘에서 '간간이 챙겨 주지 않으면 외로워한다'고 말한 건
이런 의미다.

이처럼 남자라는 동물은 손이 많이 간다.

그리고 오늘 떠오른 궁극의 아포리즘 중 하나는 이것이다.

　남자는 가냘픈 생물이다.

　지금 우리 집에 60대부터 90대까지 건강한 올드레이디들이 놀
러 와 이런저런 옛이야기를 늘어놓고 있다. 지난 삶을 되돌아보면,
여러 가지 변주가 있기는 해도 나오는 결론은 딱 하나다.

"남자들은 안 돼."

다들 하나같이 입을 모은다. 노파, 노부인 모두 입을 모아 남자
는 약하다고 말한다. 몸과 마음에 이가 잘 나가는 존재. 약한 사람,
그 이름은 남자.

나를 포함하여 우리 세대는 종전 직후 국가 붕괴를 겪었다. 하늘이 땅으로, 땅이 하늘로 뒤집힌 시대였다. 정부는 와해되고 군대는 괴멸했다. 앞으로 언제 나라가 재건될지 오리무중으로 마을은 일망초토, 식량이라고는 찾아볼 수가 없었다. 자부심 높았던 야마토 민족은 이제 망국의 국민이나 다름없이 굶주린 채 방황할 따름이었다.

무엇을 믿고 무엇에 매달려 살아야 할지 모르는 상황. 사회 기반이 통째로 무너져 버린 상황이었다. 당시 센류 잡지에 〈일본 전체가 공복이었다, 모두가 쓰러졌다〉(기시모토 스이후)라는 시가 실렸는데, 일본 남자 중에는 그렇게 쓰러졌다가 영영 일어서지 못한 사람도 많았다.

내 아버지도 그중 한 사람이었다. 전쟁이 끝난 해인 1945년 12월 병사로 돌아가셨다. 그해 우리는 6월 1일 오사카 대공습으로 집이 불타서 근교의 자그마한 집에서 임시로 살고 있었다. 위암에 집과 재산을 모두 잃고 다시 장사할 방법 또한 없으니 여간 비관한 게 아니었을 것이다. 아직 '학교 다니는' 아이가 셋이나 됐으니 앞으로 돈 들어갈 곳 천지였다.

아버지는 겨우 마흔넷의 젊은 나이였지만 몸이 부쩍 움츠러들었고, 1945년 초가을에 결국 몸져눕고 말았다. 지금 아흔여섯 된 노모는 말한다.

"그때는 정말, 네 아버지한테 도저히 의지할 수가 없었어. 그렇다고 손 놓고 있으면 우리 다섯 식구 굶어 죽을 테고. 그래서 내가 만원 기차에 올라타 감자를 팔러 다녔지. 체면 신경 쓸 겨를도 없었어."

여든이 넘은 정정한 노부인도 말한다. 맞아, 맞아. 그때 만원 열차는 요즘 통근 열차 붐비는 거랑 비교도 안 돼. 지붕에 올라탄 사람, 연락기에 걸터앉은 사람, 완전 살인열차나 다름없었다니까. 얼굴이 세모 모양으로 눌려도 그대로 타고 갈 수밖에 없었어.

또 다른 한 사람, 나이 들어서 오히려 밝고 팔팔해진 동년배 할머니가 말했다. 그렇게 해서 겨우 먹을 걸 구해 와 역에 내리면 내리자마자 일제 단속에 들어갔단다. 내가 직접 구입한 건데, 암거래라면서 위법 행위라 안 된다고 순경이 다 빼앗아 가는 거야. 말이 되냐고. 그런 일을 당하면 가족이 굶어 죽는데. 천황이라는 놈은 피도 눈물도 없나. 빌어먹을! 화가 어찌나 나던지, 아비규환인 기차역 플랫폼에서 약삭빠르게 선로로 뛰어내려 내뺐다니까. 누가 뭐라고 해도 아버지랑 애들은 먹여야 할 것 아니야. 그 마음밖에 없었어. 남편? 집에 돌아온 건 다행이었지만, 영양실조에 걸려 비틀비틀 들어왔으니 아무 도움도 안 됐지…….

맞아, 맞아. 우리 집 양반도 군대에 끌려가지도 않은 주제에 전쟁이 끝나니 이불 속에 틀어박혀 나오지를 않더라니까.(라고 또 다른 사람이 말한다.) 그런데도 밥은 또 잘 먹어요. 내가 정신을 똑바로 차려야 한다 싶었지. 이제는 암시장에 내다 팔 것도 없어. 그저 암시장 카레집을 도와주고 얼마 안 되는 돈이랑 남은 카레를 받아서 집에 돌아오는 거지. 아니면 죽집에 가서 일하고 만두집에 가서 일하고. 아버지는 얼이 빠진 채로 막소주 노점에 틀어박혀서 이게 말이 되느냐고 불같이 화만 내세요. 남의 밭에 가서 무나 호박이라도 훔쳐다 주면 도움이라도 되지.

그렇게 그 자리의 할머니들은 입을 모아 "그때 우리가 열심히 살았으니까 일가족을 떠받치며 살아남았지. 어떻게 애를 키워. 남자들은 절대 못해. 남자들은 약해 빠졌어"라고 말한다. 하나같이 '좋은 집안'에서 자랐고, 중산층 이상의 사람들이다.

이렇게 강한 여자들이 종전 후 자칫하면 허무주의나 자포자기, 아니면 황폐함에 빠질 뻔했던 일본을 떠받친 건 사실이다. 나 또한 예전에 어느 글에서

"그때는 여자가 정신을 똑바로 차린 집만 살아남을 수 있었다. 아니, 일본 주부 중에서 정신을 다잡지 않은 여자는 아무도 없었다."

라고 쓴 적이 있는데, 그 생각은 지금도 바뀌지 않았다.(했던 말을 자주 바꾸는 사람인데도 말이다.)

우리 집은 결국 아버지가 그해 말에 돌아가시고, 엄마의 고군분투는 그 후로도 수십 년 동안 계속되었다. 하지만 놀랍게도 엄마

는 아버지 나이의 배 이상 살고 계신다. 몇 해 전부터 옛 친구들을 불러서

"남자는 못 써. 남자들은 약해 빠졌어."

라며 혀를 내두르고는 하신다.

전후 여성해방은 미국 점령군의 주창에 의한 것만은 아니다. 종전 당시 여성들의 분투가 그녀들에게 자부심과 자신감을 부여한 것이리라.

하지만 우리는 엄마 세대보다 조금 뒤에 있기 때문에 그 정도로 노골적으로 단칼에

"남자는 못 써. 남자는 약해."

라고 말하기 어렵다.

아버지가 쓰러지고 나서 간병은 내 몫이었다. 학교는 9월에 재개되었다. 우리 학교는 다행히 재해를 면했지만, 교통 시설 복구가 늦어져서 학교에 가기가 이루 말할 수 없이 힘들었다. 겨우 집에 들어가면 엄마는 일하러 나가고 집에 아무도 없다. 나는 공부하면서 아버지를 돌보고, 궁한 식재료를 요리조리 돌려쓰면서 저녁을 준비했다. 내 나이 열일곱이었다.

아버지를 왕진하러 오시는 동네 의사 선생님도 전쟁터에서 병역 해제된 군의관이었다. 튼튼한 체격에 과묵한 선생님, 이제 마흔을 조금 넘긴 나이였을까. 내가 부엌에 있으면 아버지가 가냘픈

목소리로 하소연하는 소리가 들렸다.

"아이가 아직 학교에 다닙니다. 조금만 더 살면 좋은데……."

아버지는 오사카 장사꾼답게 오사카 사투리를 간드러지게 구사하는 사람이었다. 아버지가 건강할 때는 그 모습이 고상하고 친절해 보였는데 병상에서 그러시니 너무나도 처량해 보였다. 어쩐지 연극하는 것처럼 느껴져서 어린 나는 공감도 동감도 하지 못하고 의미 없는 반발을 했다. 어린 나이란 무참하고도 무자비한 것이다. 엄마는 아버지를 향해 입버릇처럼 "정말 약해 빠졌다니까"라고 한탄했고, 아버지는 "내가 병에 걸리고 싶어서 걸린 게 아니잖아"라고 기력 없는 반항을 했다. 그 기억이 여전히 뇌리에 남아서 고생하는 엄마에게 마음이 기운 건지도 모른다.

하지만 부모님의 대화, 아버지와 의사 선생님의 대화를 여전히 기억하고 있는 건, 마음 한구석으로는 아버지가 가엾고 불쌍하고 애처로웠기 때문이리라.

인간은 보통 부모와 비슷한 삶을 사는 경우가 많은데(이혼한 부모를 보고 자기는 절대 이혼하지 않겠다고 결심했는데 결국 이혼했다고 고백한 지인이 있다) 나 또한 병든 남편을 등에 업고 고군분투하며 살고 있다.

그러나 엄마처럼 일도양단으로 단정할 수 없는 건, 글쟁이의 성찰 같은 게 아니라 시대의 흐름 때문이다.

오늘날 여자의 거의 절반은 남성화되었고 혼자 세상을 헤쳐 나가며 느끼는 고통도 남자 못지않다. 발상의 순서와 힘도 남자와 딱히 다르지 않은 것 같다. 그런 눈으로 남자를 봤을 때 '남자는 안 돼'라고 일방적으로 단죄할 수 없다. 그렇다고 '남자는 가여운 생물'이라고 참작해 주면, 결국 아포리즘이 약해질 수밖에 없다.

그러고 보니 이제야 잘 알겠다. '남자'에 대한 애정 때문에 그렇게 되는 것이다. 나는 남자를 좋아한다. 여든 살, 아흔 살 노파도 속으로는 아마 그렇게 생각할 것이다.

두 마음

거짓말. 우선 범죄라고 할 정도로 아주 치명적인 거짓말은 제쳐두고, 일반적인 거짓말이라면 평소에 많이 하게 될 것이다. 특히 상행위에서는 지극히 자연스러운 것으로, 그것 없이는 장사가 성립되지 않을 정도다.

"잘 나가죠. 이건 젊은 분들이 좋아하는 스타일이에요. 사모님은 젊으시니까 잘 어울릴 것 같아요."

라든가

"지금이 절호의 찬스입니다. 앞으로 오르긴 올라도 내려가진 않아요. 지금이 호기입니다."

라고 말하기도 한다. 나 같은 경우는 출판사에서 언제까지라고 기한을 정해 주면, "네, 괜찮아요. 네, 알았어요"라고 말해 놓고 그때까지 해낸 선례가 없다. "아, 그게 말이죠. 사실은……"이라며 책임을 전가하기 급급한 나머지 결국 거짓말에 거짓말을 덧칠하고 만다.

이건 내 이익을 위한 거짓말로 이기심의 결과다. 물론 허세 때문에 거짓말을 하는 경우도 많다. 하지만 이는 뒷수습이 힘들어진다. 한번 한 거짓말을 꼭 기억하고 있어야 하기 때문이다.

그것과는 별개로 선의의 거짓말이라는 것도 널리 행해진다. 목숨이 경각에 달려 있는데 의식은 분명한 까다로운 환자에게는 "오늘 아침 혈색이 좋으시네요"라는 말로 기운을 북돋아 준다. 이때 진실 여부는 따질 바가 아니다. 배려의 '거짓말'이 곧 진실이 된다. 환자도 마음을 편하게 해 주려고 하는 말이라는 걸 알면서도 왠지 모르게 얼굴이 밝아지고 볼이 불그스름해지기도 한다.

그렇게 세월을 거듭할수록 사람은 거짓말투성이가 된다. 선의의 거짓말, 이기적인 거짓말, 허세로 인한 거짓말까지. 거짓말로 뒤범벅되다 못해 거짓말로 굳어진 인간관계.

'도시는 사람을 비루하게 만든다'라는 명언도 틀림없는 사실이지만, 이것도 인생의 윤활유로 생각해야지, 복잡한 이 세상, 인생의 매뉴얼로 삼아도 되는 문장은 아니다.

한편 거짓말 중에서도 남녀 간에 오가는 거짓말은 미묘하다.

왜냐하면 이때의 거짓말은 윤활유가 때때로 기폭제로 변질되어 불이 날 수도 있기 때문이다. 그러나 이 세상 남편과 아내 사이에는 시종일관 사소한 거짓말이 소용돌이치는 모양이다. 어느 센류 중에 다음 같은 재미있는 구절도 있다.

부부의 거짓말, 한 시간 만에 발각되나니
―구라타 리케이

한 시간 만에 발각될 만한 사소하고 가벼운 거짓말은 안 하는 게 좋지 않을까. 잔인하게도 금세 걸려 혼이 날 테니까 말이다. 물론 이때 혼나는 사람은 남편이다.

아내에게 하는 거짓말, 하기도 쉽고 들키기도 쉽구나
―모리 시온소

이 정도 단계라면 '거짓말'은 마치 부부에게 있어서 비타민과 같을 것이다. 생활의 악센트, 계절맞이 새 단장 같은 것이랄까. 연중행사처럼 반복되는 일상에 탄력을 부여할지도 모른다.

하지만 인생이란 무슨 일이 일어날지 한 치 앞을 내다보기 힘든 것이다. 일상의 악센트로 흘려 넘길 수 없는 커다란 비밀을 품고 있을 때는 더욱 그렇다.

남자는 작은 거짓말은 해도 큰 거짓말은 하지 않는다. 큰 거짓말을 해야 할 때는 그저 침묵할 뿐이다. 그래서 첫 번째 아포리즘은

> 남자는 거짓말을 하지 않는 대신 침묵이라는 특기가 있다. 남자는 숨기기의 대가지만, 그것은 정직이라는 덕성과 배치背馳되지 않는다.

금전적으로 문제가 생기면 대책을 강구할 수 있지만, 사랑이나 애정, 정에 관련된 비밀은 해결할 수 없는 경우가 많다. 애초에 자기 신분과 맞지 않는 비밀인 것이다.

남자는 과묵해진다. 진중하게 화제를 고른다. 아내를 자극하지 않기 위해 전력을 쏟고 비밀을 고수하려고 한다. 그럴 때 아내에 대한 사랑이 식거나 마음이 차가워지는 남자도 있지만, 보통 그렇게까지 되지는 않는다.

가정은 가정이고, 다른 한쪽은 다른 한쪽이다.

불륜이라는 단어에도 때가 묻고 말았다.

일본어는 다채롭고 변화가 많은 편이라서 여러모로 편리한 단어도 있다. 이럴 때 쓸 만한 단어로 이를 테면, '두 마음'이란 단어

는 어떨까. 미나모토노 사네토모[*]가 한 말 중에 "산이 갈라지고 바다가 말라붙는 세상이라고 해도 상황님께 두 마음을 품다니, 이 몸은 절대 그럴 수 없다"라는 유명한 시도 있다. 사네토모는 '두 마음' 없는 충심을 상황에게 맹세한다. 이것이 바로 군신 관계다.

그러나 항간의 남편으로 살다 보면 때때로 '두 마음'을 가지고 살 수밖에 없을 때도 있다. '두 마음'을 갖는 게 뭐가 나쁘냐며 적반하장으로 나가야 할 때가 있다. 두 여자 모두에게 '진심'을 준다. 그 양이 다르고 질도 다르지만, '진심'이 두 개라서 '두 마음'인 것이다. 이는 발설하지 말고 숨겨야 한다. 어쨌거나 여자란 양자택일을 강요하는 존재니까 말이다.

그렇다면 여자의 거짓말은 어떨까. 두 번째 아포리즘이다.

> 여자는 거짓말을 잘하지만, 그러면서도 비밀을 말해야 직성이 풀리는 모순된 특성이 있다. 그리고 여자의 그 솔직함은 미덕이 될 수 없다.

자신도 모르게 이미 거짓말을 하게 된다. '차는 갑자기 멈추지 않는다'는 말처럼 '거짓말도 일단 입 밖으로 나가면 멈추지 않는다'.

---

[*] 가마쿠라 막부의 제3대 쇼군이자 당대를 대표하는 문화인이었다. 그의 작품 중 92편의 와카가 전해지고 있다.

비밀도 마찬가지다. 여자에게 비밀이란, '다른 사람에게 말하기 위해 존재하는 것'이다. 가지고 있기 힘드니까 누군가한테 말해서 덜어 내자는 성질의 것이 아니다. 떠들고 싶어서 입이 근질근질해지는 것이 바로 '여자의 비밀'이다.

솔직한 사람이라서 뭐든 사실대로 말하는 것과는 다르다.

"음, 그럼 거짓말과 비밀은 어떻게 다른가요?"라고 차분한 중년 남자가 물었다. 나는 잠시 생각하고

"거짓말에 비해서 비밀은 '약점'인 경우가 많다는 게 큰 차이겠죠."

라고 대답했다. 거짓말은 했다는 사실조차 잊을 때도 있지만 비밀은 꿈에서도 잊을 수 없다.

'두 마음'이란 부담이 큰 것이다. 어떻게든 사람들과 어울려 살려면 '약점'을 감추려고 몸을 굽히게 된다. 인생이라는 전쟁터에서 그렇게 몸을 굽히고 있다가는 떨치고 일어날 수 없을 것이다. 그러나 생각하기에 따라서는 이 '약점'이 있기 때문에 인간에게 깊은 정취가 깃들고 기량이 커진다고도 볼 수 있다.

'두 마음'은 남자를 큰 인물로 만든다…….

"아니요, 속으로는 들키지 마라, 들키지 마라 주문을 외운다고요."

라고 그 중년 신사는 열변을 토하며

"역시나 우리 같은 소심한 '멍청이'는 그렇게 대담할 수 없습니다. 기량이 커지지 않는다 해도 상관없어요."

라고 손사래를 치며 말한다.

그 말에도 일리가 있다. '비밀'을 지키려면 '시치미'를 잘 떼야 하는데, 상황이 그렇게까지 되면 아무래도 범죄의 냄새가 강해진다.

"여자라면 더더욱 그렇게 못하겠죠."

라고 그는 말한다. 그 말은 맞다. 그러나 그런 삶을 사는 여자도 있다. 그 여자는 바로 남자의 '두 마음' 중 어느 한쪽에 서 있는 사람이다. 아내와 애인 중 애인인 쪽은 남자 못지않은 비밀의 대가가 된다.

'약점'은 여자에게 남자와 똑같은 기량을 부여한다.

그리고 여러 가지 고뇌 또한 여자를 단련시킨다. 방황, 초조함, 조바심, 의심, 질투…… '어느 누가 이렇게 힘든 사랑을 하겠어'라고 생각하면서도, 그 고계苦界로부터 발을 빼지 못한다.

아, 결국 '두 마음'의 대상 중 '다른 한쪽'도 힘든 삶을 끌어안게 된다.

게다가 '두 마음'은 쉽게 터진다. 거짓말을 능숙하게 하는 여자는 상대의 거짓말에도 민감하다. 이는 남자가 예상치 못하는 복병이 될 수 있다.

나는 어느 소설에서 이런 말을 한 적이 있다.

"추궁해 끝까지 알아내는 건 아내다. 보고도 못 본 척하고, 묻고 싶은 말이 입 밖으로 나오는데도 억지로 삼키는 건 애인이다. 증거를 들이밀고 사정없이 몰아세우는 건 아내, 스스로 증거를 묵살하고 믿지 않으려는 건 애인이다."

아내는 측면공격 같은 건 하지 않는다. 무조건 정면에서 깃발을 들고 전진해 대창을 획획 휘두르며 남자를 몰아세운다.

그러나 인생이란 참 이중적인 것이(나쁜 일만 있으라는 법은 없는지), 여자는 거짓말이라는 걸 알면서도 그 거짓말에 취하길 좋아하는 동물이다.

남자가 끝까지 시치미 떼면서 안심시켜 주길 즐긴다. 어느새 갑옷을 벗고 창을 내려놓고 무장해제된 상태로 마음을 터놓는다.

"당신 정말, 쓸데없는 걱정이나 끼치고."

라면서 속으로는

'이 돌 맞은 감자처럼 생긴 남자한테 무슨 여자가 따르겠어. 그런데 우리 남편이 정말 인기가 있을까? 후후후. 옛날에 미야코 조초*가 빨랫줄에 사흘을 널어놓아도 참새, 까마귀조차 쪼아 먹지 않을 것 같은 남자는 매력이 없다고 하더니, 딱 우리 남편 얘기야.'

라면서 싫지 않은 내색을 한다.

◆ 일본 여배우 겸 만담가.

한편, 다른 한쪽에 있는 남자의 애인은 스릴 있는 사랑을 즐기면서도 자신의 현재 위치를 끊임없이 재확인한다.

그렇게 '두 마음' 중 다른 한쪽에 있는 여자는 남자처럼 '비밀'의 대가가 되는 것이다.

내 친구 중 하나는 "여자는 아무리 사랑하는 남자라고 해도 그에게 빌려준 돈만은 머릿속에 꼭 새겨 둔다"라고 했는데, 이 말은 '비밀'이라기보다 진심에서 우러나온 말이다. 예전에 어느 횡령 사건으로 세상을 떠들썩하게 한 젊은 여자가 경찰 손에 잡히고 나서 이렇게 털어놓은 적이 있다.

"처음에는 레스토랑에 갔는데, 나중에는 체인점 라멘만 먹었어요. 그 남자에게 큰돈을 썼지만, 그렇다고 호강을 한 건 아닙니다."

나는 그 여자가 너무 가여웠다. 그녀는 그 남자를 사랑했지만, 인터뷰에서 말한 그 '속마음'을 숨기고 있었던 것이다. 그래서 내가 생각한 세 번째 아포리즘은

속마음이란 진술한 만큼 비루할 수 있다.

어른의 사랑

가을 오는 소리가 들린다. 더위가 한풀 꺾였지만 낮 동안에는 여전히 물러갈 줄 모른다. 저녁 무렵이 되어도 바깥 공기가 후끈하다.

이런 날 저녁에는 에어컨을 켜고 차가운 술에 영귤을 넣어 마시는 게 최고다.

피프티 짱은 우리 집 찬장 사정을 훤히 알고 있다. 찬장을 열고 금박이 들어 있는 작은 유리병을 꺼내 차가운 일본주에 한 조각 두 조각 띄우고 뿌듯해한다. 기리코 세공이 들어간 굽이 달린 유리잔을 들어올리며

"금박 미인을 위하여."

라고 말하고 술을 마셨다.

"황금이 사람 몸에 좋은가요?"

체면 씨가 아저씨에게 묻는다.

"몰라."

아저씨가 톡 쏘아붙인다.

"아저씨, 의사잖아요."

"그건 속세에 있을 때 먹고살려고 했던 일이지. 지금은 그런 데 재미가 없어!"

먹고사는 걸 재미로 하나. 생각해 보니, 매일 먹을 빵을 위해 부지런히 일할 때도 어느 정도의 재미는 있어야 잘할 수 있을 것 같다.

일본어에서 꽤 광범위한 의미로 사용되는 단어 중에 '이로케色氣'*라는 게 있다. 생명력이라고 할까. 상대방에게 느껴지는 기백, 패기, 정기, 기염 같은 기운이 바로 '이로케'다.

하지만 아저씨는 이렇게 말한다.

"그렇게 복잡한 건 몰라. 내가 아는 이로케는 더 간단해. 단순한 색기色氣를 말하는 거야. 그걸 좋아하느냐 아니냐를 말하는 거라고."

♦ '이로케'는 단순히 색을 뜻하지만, 그뿐만 아니라 멋, 성적 매력, 사물에 대한 관심, 재미 등 다양한 의미를 가지고 있다. 물건을 사고 팔 때는 쓰는 숙어로 '이로케를 붙이다(色気をつける)'라는 게 있는데, 입장에 따라 '할인을 받다' '웃돈을 얹어주다'라는 의미다.

시시콜콜 떠들기 좋아하던 아저씨가 요즘 들어 말수가 줄어서 말을 해도 무슨 영문인지 알아듣기가 여간 어려운 게 아니다. 그런데, 하하, 아저씨, '호색'을 말씀하신 거예요? 그럼 호색이 곧 생명력이란 말이네요?

"그래. 그런 녀석들은 건강하잖아."

옳거니. 나도 하나의 계시를 받았다.

그래서 나의 오늘 밤 첫 번째 아포리즘은

호색한은 남자든 여자든 즐거운 인생을 산다.

이렇게 모두 털어놓고 나자, 결국 백가쟁명에 휩싸였다. 체면 씨가 서둘러 입을 뗐다.

"우리 중년이 최고로 동경하는 건 호색이나 연애가 아니라 역시 사랑이에요. 이승과 작별하기 전에 일생일대의 마지막 사랑을 불태우고 싶다는 슬픈 바람이 있죠."

"사랑과 연애가 다른 건가?"

피프티 짱이 도발적으로 코웃음 친다.

"당연히 다르지. 뭐랄까, 연애가 대출이라면 사랑은 매입이랄까."

체면 씨가 생각하는 사랑의 정의는 지금까지 살아온 인생을 바탕으로 성립되었나 보다.

"젊을 때는 이 두 가지가 같은 거라고 생각했어. '도시는 도시의 사랑으로 가득하고, 우리는 더할 나위 없이 로댕을 사랑한다.' 누가 썼는지 모르지만, 이런 시를 읽은 적이 있어. 젊을 때는 '도시의 사랑'만으로도 배가 부르지. 하지만 이 나이가 되고 보니 양보다 질이었으면 좋겠어. 정말 얼마 안 되더라도 행복하고 맛있는, 진정한 사랑을 맛보고 싶다니까."

"이제까지 전혀 못해 봤다는 말처럼 들리네요. 진정한 연애를."

나는 비아냥거렸다.

"아니, 그때 그 당시에는 진정한 사랑이었죠. 하지만 나이를 먹다 보니까 기대가 높아져요. 그러면서 기회가 멀어지는 거죠. 이루지 못할 꿈이 더욱더 그리워진달까요. 어떻게 하면 될까요. 어른의 사랑은 어려운 겁니다."

나 보면서 말하지 마세요.

"하지만 그렇게 일생일대의 마지막 사랑이라느니 하면서 거창하게 나가니까 안 생기는 거 아니야?"

피프티 짱이 말했다.

"그렇게 작정하고 기다리면 기회가 더 줄지. 중년, 아니 어른의 사랑은 당의즉묘當意即妙여야지, 안 그래요?"

나이 지긋한 어른들끼리 나누는 대화의 묘미는 한자나 숙어가

툭툭 나와도 말이 통한다는 것이다.(젊은 사람들이었다면, 그 말이 영어나 유행어로 대체될 것이다. 젊은 독자들을 위해 피프티 짱이 말한 '당의즉묘'를 설명하자면, 그때그때 상황에 따라 적절한 말이나 태도를 바로 고를 수 있는 능력을 말한다.)

그 말을 듣고 보니 피프티 짱은 어른 연애의 전문가인 듯하다.

"아니, 하지만." 체면 씨가 오늘의 술안주 중 하나인 토란대와 유부조림에 젓가락을 뻗으며 말한다.

"이제 이 나이가 되면 옛날처럼 다짜고짜 들이댈 수도 없어. 그렇다고 기술이 좋은 것도 아니고."

"기술보다는 진심이죠."

나는 새로 따른 찬술에 영귤을 하나 짜 넣으며 말했다. 내 잔은 굽이 있는 연두색 유리잔으로 청주와 어울린다.

"그게 바로 어른의 관록 아닌가. 젊을 때와 다르게 박력이 있잖아. 어른의 저력이랄까. 그걸 내세워 보세요."

나는 체면 씨를 부추기면서 유리잔에 술을 따라 준다.

"아니 뭐, 이제 머리는 벗겨졌지, 흰머리도 많지. 다른 남자들은 벗겨지거나 백발이거나 둘 중 하나인데, 저는 둘 다라서 답이 없어요."

체면 씨는 술을 쭉 들이켜고

"어휴, 이 나이의 남자 어른이 좋아하는 여자한테 말을 건넨다

고 생각해 봐요. 나잇값도 못하고 횡설수설하게 된다니까요. 그러
면 또 얼마나 서러운지.”

“어머, 그럼 지금 관심 있는 사람이 있다는 거야?”

라고 말하는 피프티 짱이 조금 긴장한 듯 보인다.

“아니, 그런 건 아닌데 만약에 있다고 가정하면 분명 횡설수설
할 거야……”

“횡설수설하면 어때요. 그게 바로 매력이죠.”

나도 용기를 북돋아 준다.

“원래 남 앞에서 말할 때 너무 유창하면 감동이 없기 마련이지.
횡설수설하는 사람이 훨씬 호감 가요.”

여기서 떠오른 센류가 하나 있다.

　　횡설수설하며 건네는 말을 사랑하라

　　―이시이 산소

이 세상에서 귀중한 건 진심이지, 그 표현 방법이 제대로 됐는
지 따질 필요는 없다. 오히려 다소 횡설수설하는 데서 매력이 느
껴진다. 따라서 두 번째 아포리즘은

　　연설, 강연 혹은 사랑 고백을 능숙하게 하는 사람은 감

자다.

물론 이 세상에는 진심도 갖추고 표현도 세련되게 하는 달인도 계신다. 내가 말하는 건, 진심보다 표현의 기술이 웃도는 사람, 그와 동시에 그런 자신에게 도취되어 있는 사람을 말한다.

"맞아요. 그리고 자꾸 마지막이다 뭐다 하는데, 연애가 무슨 기말 결산이야?"

피프티 짱이 말했다.

"깔끔하게 정리해서 수지 딱딱 맞춰야 하는 게 아니란 말이야. 되는 대로 느긋하게 접어서 주머니에 넣어 두면 되는 거라고. '자, 이제부터 당신을 유혹하겠습니다'라고 말하는 사람은 없잖아. 우물우물, 흐지부지, 적당히 하면 되는 거 아닌가?"

체면 씨는 "헤헤헤헤······" 웃을 뿐이다. 뭐야, 수줍어하는 거야. 역시 '어른의 사랑' 때문에 마음고생 좀 하나 보군. 그게 나쁜 것도 아닌데 "그런 거 아니에요"라며 극구 손사래를 치는 것도 이상하다.

"내 미천한 경험으로 말하자면," 피프티 짱은 연애 문제, 그것도 '어른의 사랑'이라면 나한테 맡겨 달라는 말투로 의젓하게 말한다.

"중년 이상이 하는 연애는 그들이 사랑을 하는지 어떤지 다른 사람은 알 수 없어요. 주변 사람에게 들키지 않으려고 애쓰거든요."

"젊은 사람들도 그럴지 모르지"라고 내가 말했다.

"흠, 하지만 젊은이들은 실매듭을 짓지 않은 것처럼 나중 일은 알 게 뭐냐는 식이죠. 헤어진 뒤 벌어질 일에 대해서는 나 몰라라 하는 경우가 많아요. 하지만 중장년의 사랑은 먼 훗날 일어날 일까지 내다봐야 하니까 선뜻 다가갈 수 없다는 걱정도 한편으로는 있어요. 그건 이해하지만 그런 걱정은 잠깐 제쳐 두고 마음 가는 대로, 사실은, 아…… 그걸 뭐라고 하지? 종적을 감추는 것……?"

"도회韜晦?"라고 내가 말한다. 또 나쁜 버릇이 나온다. 문어체나 어려운 한자 쓰기를 좋아하는 이 습관은 우리 세대 통폐다.

"아, 맞아. 도회해서 마음껏 사랑해야죠."

"음, 하지만 어느 한 사람만 좋다, 호감이 간다고 생각하는 것만으로도 인생이 풍성해지는 기분도 들지 않나……"라고 말하며 체면 씨는 생각에 잠긴다.

"어머나, 꽤 순정파시군. 그럼 손도 잡아 본 적 없어?"

"실제 내 이야기를 하는 게 아니라니까."

체면 씨가 정색했기 때문에 오히려 자기 이야기처럼 들렸다. 서둘러 완성된 아포리즘 두 가지.

사랑하는 것이 인생의 주연이라면 사랑받는 것은 인생의 조연에 불과하다.

궁극의 연애라면 손도 잡지 않은 관계만 한 것이 없다.

사람들에게 아포리즘을 공개했더니 이제껏 아무 말 없이 앉아 있던 아저씨가 말했다.

"궁극은 무슨. 남녀가 서로 재미있게 이야기 나누고 사랑만 나눌 수 있으면 그만 아니겠어?"

어머, 이건 흐지부지 적당한 선이 아니라 너무 확실해서 한잔하지 않을 수가 없네.

피는 물보다 묽다

나는 앞에서 '가정의 운영'이라는 주제로 아포리즘을 썼다. 이번에는 가족, 친척, 일가에 관해 생각해 보려고 한다.

최근 결혼식이나 장례식에 몇 번인가 참석할 기회가 있었는데, 그곳에서 다양한 느낌을 강하게 받았기 때문이다.

친척과 지인의 결혼식에 갔었는데, 둘 다 (당연하게도) 똑같이 화기애애했다. 보통 친척끼리 모여서 그 자리에 없는 사람을 지칭할 때 옛날 사람들은 그 사람 사는 곳의 지명을 붙여 부른다.

"도요나카 할아버지, 나이 많이 드셨더라고."

"그래도 나이를 곱게 드셨어."

라며 모두 호의적으로 고개를 끄덕인다.

"이케다 할머니는 또 어쩌나 고우신지."

"젊게 꾸미신 게 참 잘 어울려요."

"왕년의 미모가 남아 있어서 그런 거야"라고 말한 사람은 우리 집안 큰 어른인 미노오 할버지다. 앞으로 몸을 쭉 내밀며 비밀 이 야기라도 하겠다는 듯이

"아무래도 젊었을 때 염문깨나 뿌렸던 사람이니까."

"미노오 할아버지, 그렇게 어려운 단어 쓰면서 말씀하시면 우리 같은 젊은이들은 못 알아들어요."

"못 알아들으라고 말하는 거다, 요 녀석아."

화기애애한 웃음소리가 하늘을 찌르는 것도 축하연이라서 들을 수 있는 유쾌함이다. 도요나카, 이케다, 미노오는 오사카 근교에 있는 지명이다. 오랜만에 보는 친척들. 몰라 볼 정도로 자란 아이 들. 사람들은 세월의 흐름을 실감한다. 그리고 그 정점에 신랑신부 가 있다.

이 한 쌍의 신랑신부가 탄생하기 위해 우리가 있었다는 듯, 친 척들은 한껏 고양되어 거나하게 취한다. 과거 소소하게 옥신각신 했던 일도 모두 잊고 서로 사이좋게 한마음으로 신랑신부를 축복 한다.

반면에 장례식은 어떨까.

아무래도 고요하고 온화하게 치르고 싶을 텐데, 장례식장에서

왕왕 소동이 일어난다. 왜 그런지 모르겠다.

"울고불고하면서도 한몫 챙기려는 재산 분배"라는 옛 시가 있다. 우리는 관을 앞에 두고 유산 상속 때문에 옥신각신했다는 소리를 자주 듣는다.

화장한 뼈를 추려서 돌아오는 길, 식사하는 자리에서 네가 고생시켜서 딸이 요절했다며 사위에게 달려들어 멱살을 잡았다는 신부 부모도 있었다. 전부터 억누르고 있던 울분이 한두 마디 주고받다가 끝내 폭발한 것이리라.

분향 순서에 불만을 터뜨리는 친척도 있다.

한번은 이런 일을 겪었다. 집안 행사에 오신 한 노인이 바라즈시*를 접시에 담았다고 노발대발했다. 음식점에서 주문한 게 아니라 가족과 동네 주부들이 함께 모여 만든 음식이었다. 밥공기든 국그릇이든 집안 식기를 총동원해 담을 수밖에 없었다. 다만, 중요한 손님, 노인, 남자 어른한테는 접시에 담아냈다. 간사이에서는 바라즈시를 담을 때 테두리가 올라와 있는 접시에 담고 달걀지단이나 파드득나물, 김, 홍생강 등으로 보기 좋고 맛깔나게 장식한다. 보는 것만으로도 식욕을 돋워야 하는 음식이기 때문에 접시에 담아야지만 그 진가를 내뿜는다.

◆ 밥에 각종 채소나 생선 등을 섞은 초밥.

그런데 그 할아버지는 그걸 모르셨는지

"내가 개야? 왜 접시에 담아 주느냐 말이야."

라며 투덜거렸다.

결혼식에서 그렇게 화기애애하던 친척이라도 까닥 잘못하면 험담을 늘어놓는 곳이 장례식장이다.

"도요나카 할아버지, 지금은 좀 기가 꺾이셨지만 옛날에는 이런 말까지 하셨잖아. 어휴, 지독한 양반이었다니까."

죽은 사람까지 끄집어내면서 옛일을 들추어낸다.

"심지어 도요나카 할아버지한테 그 말을 듣고 ○○가 울었다니까요."

그러다가 끝내

"역시 옛날에 꽁초 줍기 해서 암시장에 내다 팔던 근성은 어디 안 간다니까."

라며 까마득한 옛날에 했던 악행까지 폭로한다. 그러면 호호야 할아버지도 가만히 있지 않고 옛날 본성이 나오는 것이다.

"그러는 너희 영감님은 암시장 브로커 해서 한몫 잡은 건 좋은데, 부정하게 얻은 재물 오래 안 간다고 말년에 궁색하게 살다 가셨잖냐."

'꽁초 줍기'란 종전 후 물자가 부족했을 때, 다른 사람이 피우다 버린 담배를 주워서 일일이 풀어헤친 다음 다시 말아 푼돈을 받고 팔던 장사를 말한다. 이 또한 담배에 굶주린 사람이 있었기에 가능한 장사였다. 물자가 잘 돌지 않던 혼란의 전후에는 브로커도 암약했다.

이케다 할머니는 하숙을 쳤는데 그 당시 하숙하던 대학생과의 염문이 사실로 발각되어 큰 소동이 났었다.

"시끄러워요. 여긴 노인네가 나설 자리가 아니야. 물러나 있으라니까, 이 쭈그렁 노인네야"라고 욕을 먹었을지도 모른다. 어휴, 정말 장례식장에서 나는 싸움은 크든 작든 피할 수 없는 일이다. 축복으로 마무리되기보다 불평불만과 원한으로 뿔뿔이 흩어지는 게 인간의 습성이다.

따라서 내가 생각한 아포리즘은

결혼식은 모든 것을 물에 떠내려 보내는 곳, 장례식은 물에 떠내려 보낸 걸 다시 문제 삼는 곳이다.

나는 아주 예전에 '형제끼리 아무리 싸워도' 밖에 나갔을 때는 힘을 합쳐 모욕에 맞선다고 배웠는데, 요즘은 에고의 충돌로 형제자매끼리도 원한을 품고 서로 싸운다.

피는 물보다 진하다고들 하지만 요즘도 과연 그럴까. 따라서 두 번째 아포리즘은 피는 물보다 묽다.

이 문장을 좀 더 풀어 보면

부모자식이라고 해서 마음이 맞을 거라 장담하지 마라.
큰아버지라고 해서 조언해 줄 거라 장담하지 마라.

마음이 맞지 않는 가족은 타인보다 대하기 어려운 법이다. 가정 내 폭력을 일으키던 문제아가 어느새 부모가 되었다. 그런 부모가 부모 노릇을 제대로 할 수 있을까. 어떡하면 좋을지 걱정은 하지만 달리 방법을 모른다. 일단 눈앞의 직장으로 도망치자 생각한다.
"나 회사 가야 해."
라며 허둥지둥 출근하는 것이다.
아내도 일을 하고 있다면 마찬가지일 것이다.
실제로 어디부터 손을 대면 좋을지 모르겠다는 부모가 많을 것이다. 사람마다 방법이 다를 테니 해결책이 일률적이지도 않다. 타고난 기질도 성장 환경도 다르기 때문에, 한번 성공한 방법이 모든 문제에 들어맞아 기계적으로 성공할 수 있는 것도 아니다.
시시때때로 변하는 자신의 아이에게서 쓸쓸함을 통감한 부모가 많을 것이다. 피가 진하다는 말은 이제 믿을 수 없다.

사람들은 모든 원인이 부모에게 있다고 말하고 지금까지 살아온 인생을 되돌아보라고 강요한다.

지극히 평범한 시민, 평범한 가정이라고 생각하며 살아왔는데, 너는 이 점이 잘못됐다, 이럴 때는 이렇게 했어야 했다고 지적받는다 한들, 깊은 혼란만 야기할 뿐이다. 육아가 이렇게 어렵고 심란한 거라고 사전에 누군가 귀띔해 주었다면 다시 생각해 볼 수도 있었을 텐데 생각한다. 하지만 그건 시대의 문제다. 아이를 낳았을 때는 사회 내에서 그 문제가 아직 수면 위로 떠오르지 않았던 것이다.

부모들은 시대 탓이니까 정부가 더 지원해 줘야 한다고 생각한다. 그리고 지금은 연령적으로 해당이 안 되는 우리 또한 그렇게 생각한다.

이 문제로부터 도망치고 싶은 부모들은 '누군가 와서 우리 아들딸에게 이야기 좀 잘해 줬으면' 하고 절실히 바랄 것이다. 이 세상에 '훈계 전문가'라는 직업이 있다면, 돈을 지불하고서라도 고용하고 싶을 정도다.

이걸 책임 회피라고 비난하고만 있으면 안 된다. 부모의 기량을 누구나 갖추고 있는 건 아니다. '부모의 사랑이 극진하오니……'라는 말로 단순화할 수 없다.

옛날에는 어땠을까.

피가 뜨겁고 진하다는 걸 증명하려는 듯 가족이 직언하는 역할을 했다. 베테랑 지도자이자 해결책을 내주는 상담 기관이었다.

옛날 그런 지위에 있던 분들이 바로 '큰아버지' '작은아버지'다. 아이는 제 아버지한테는 반항할지라도 큰아버지나 작은아버지는 어려워했다.

그런데 큰아버지(작은아버지)는 조카라고 해서 봐주지 않는다. 아버지보다 고자세에서 직언한다. 혈기 왕성한 아들도 아버지는 치받아도 큰아버지한테는 그러기 쉽지 않다. 그걸 알고 있기에 큰아버지도 따끔하게 꾸짖는다.

    술잔을 내밀어 백부를 진정시키누나

라는 옛말도 있다. 조언을 하는 중에 화를 내는 큰아버지. 조마조마한 마음에 주위 사람들이 "자, 그러지 말고 한잔……" 하며 서둘러 술잔을 내민다. 격앙된 큰아버지를 진정시키려는 것이다.

    큰아버지한테 잠깐 불려 들어간 자네

잠깐 들어오라고 하셔서 큰아버지에게 불려갔으니 또 훈계를 듣겠구나. 어휴, 힘들겠다는 심경이 들어 있는 시구다.

이런 시도 옛날 서민들의 피가 진하다는 것을 느끼게 해 준다. 조카는 큰아버지의 훈계를 묵묵히 듣는다. 그 시대에는 그렇게 수월했다.

그렇다. '훈계'인 것이다. 혈족을 타인이라고 여기지 않고 잘못이 있으면 훈계해서 바른 길로 되돌리고자 했다. 훈계는 본인이 진실이라고 믿는 것을 표명하는 것이고, 그걸 다른 사람에게 전달하려는 강렬한 움직임이다. 단순한 충고와 다르다. 무지몽매한 시민을 왕으로 거듭나게 하려는 개척자의 열정과도 닮아 있다. 내가 하는 말은 틀리지 않았다는 열렬한 신념이 있다. 아버지가 하기 어려운 말은 강목팔목岡目八目인 큰아버지(작은아버지)가 오히려 꺼내기 쉬운 법이다.

현대 사회에서 열렬한 신념은 완전히 없어졌다. 큰아버지(작은아버지)들은 본인의 집안일조차 지켜 내기 힘들다. '훈계'하는 사람은 이제 없다.

그렇듯 피는 물보다 묽어졌다. 혈육에게조차 의지하지 못하는 외로운 영혼들이 박명의 티끌 같은 세상을 불안하게 떠돌고 있다.

그 럼

　　요즘 나는《하이카이 무타마가와俳諧 武玉川》♦에 관한 글을 쓰고 있다. 이 책에는 그야말로 촌철살인, 촌철로 사람을 죽일 만큼 기발한 시가 총 77구 실려 있다.

　　예를 들어, 생각나는 대로 나열해 보면

　　　　등 뒤에서 다가오는 사람의 광음光陰

　　사람의 나이는 등 뒤에서 온다는 의미다.

♦ 에도시대 중기의 하이카이 선집을 말한다. 하이카이는 에도시대 통속시를 말한다.

아이의 손을 끄니 흐트러지는 자태

아무리 미인이라도 아이 딸린 아줌마가 되면 형편없어진다는 의미다. 물론 그렇지 않은 여자도 있지만.

질투라는 밥은 어둠 속에서 먹어라

이 시는 참 대단하다. 이렇게 무시무시한 자세라면, 로쿠조미야스도코로♦의 생령 따위는 근처에도 못 올 것이다.

나는 오기라고 할까, 어떤 도전 정신이 발동해서 《하이카이 무타마가와》에게 지지 않을 촌철살인 잠언을 생각해 보려고 했다. 하지만 제대로 된 지식 없이 마냥 생각해 봤자 시간 낭비일 뿐이다. 《하이카이 무타마가와》를 이기기에는 내 기량이 너무 부족하다.

나는 오랜 세월 연애소설을 써 왔다. 그렇기 때문에 내가 연애 경험이 풍부할 거라고 추측하시는 독자가 계시다면 기쁘겠지만 (아무도 그런 생각 안 한다는 소리가 방방곡곡에서 터져 나오는 듯하다), 사실은 그렇지 않다.

경험이 빈곤하기 때문에 상상력이 아주 풍성해지는 것이다. 남

♦ 《겐지 이야기》에서 겐지의 애인 중 한 명을 말한다.

녀 유형에 관한 지식 또한 재고가 충분하다고 볼 수 없다. 사랑의 갖가지 유형에 대한 견문도 마찬가지로 빈약하다. 이 점은 여러분이 안쓰러워하는 그대로다. 하지만 그렇기 때문에 오히려 몽상이 활발해지고, 온갖 아이디어를 짜내고 고민한다.

나는 장편, 단편 할 것 없이 다양한 연애소설을 쓰면서 생각했다.

그리고 궁극의 기술을 발견했다고 생각했다.(생각은 나이에 따라 시시각각 변하기 마련이니.)

지금 시점에서는 연애의 시작보다 연애의 끝에 유의해야 한다고 생각한다.

처음이 중요해 보이지만 사실 그렇지도 않다.《겐지 이야기》에 나오는 겐지와 후지쓰보의 도덕적으로 어긋난 사랑도 그 시작이 어땠는지 확실히 쓰여 있지 않다. 갑자기 두 사람의 러브신이 등장하고, 심지어 두 번째 밀회라는 것이 암시돼 있다. '어린 무라사키' 권을 보면, "예기치 못했던 그날 일이 떠올랐지만……"이라며 후지쓰보는 첫 만남이 제 의지가 아니었음을 생각한다.

이 사랑은 후지쓰보가 삭발하는 것으로 끝난다. 자신을 떠나지 않는 겐지를 포기하게 하려면 그 방법밖에 없다. 후지쓰보가 제 결심을 당당하게 고백하자 겐지는 망연자실한다. 매달려서 원망하고 싶은 심정이지만, 아버님의 1주기 법요를 치르는 자리라 보는 눈이 많다. 공적인 진퇴가 요구되는 공인의 입장으로서 흐트러진 모습을 보여서는 안 된다.

겐지의 숨겨진 아픔에 독자도 마음이 찢어지고, 두 사람의 금단의 사랑은 아름다운 비련으로 승화된다.

이를 봐도 알 수 있듯이, 연애소설은 결말과 헤어짐에 무게가 실린다. 내 소설의 옛 독자들은 모두 열심히 순수하게 책을 읽었고(소설 전성기였기 때문에), "고와 노리코는 결국 어떻게 됐나요?"라든가 "레오와 모리는 결혼했나요?" 같은 편지도 많이 보냈다. 그러므로 어떤 면에서 연애소설은 추리소설과 비슷하다. 연애소설의 진범은 '이별하는 법' '사랑을 끝내는 법'이다.

《하이카이 무타마가와》에는 못 미치겠지만, 연애의 끝에 대한 아포리즘을 생각해 본다면 이런 게 있을 수 있다.

> 함께 웃는 것이 사랑의 시작이라면 변명은 사랑의 끝을 암시한다.

변명은 비밀을 암시한다. 게다가 사랑에는 어느 정도 비밀이 필요하다. 비밀은 사랑을 조금 더 맛있게 해주는 향신료 같은 것이다. 상대를 사랑하는 마음에 이기심은 없으니까 말이다.

하지만 일단 이기심에 이해利害라는 그림자가 드리우면, 사랑은 상한 냄새를 풍기기 시작한다.

사랑을 맛있게 해 주는 '비밀'이 나쁜 냄새를 풍기는 범인으로 뒤바뀐다. 그리고 변명은 거짓말의 시작이다. 아직 '사랑'에 마음이 흔들리는 사람은 거짓말 혹은 변명이라는 걸 알면서도 모르는 척한다.

그리고 자신의 (사랑으로 인한) 날카로운 통찰력을 스스로도 마음 아파한다.

그 사랑의 저변에는

'어쩌면…… 내 착각일지도 몰라.'

라는 덧없는 한 가닥의 희망이 있다. 그러나 그조차도 '부질없는 희망'이라는 걸 스스로 깨닫게 되는 이유는 역시나 사랑으로 인한 통찰력 때문이다. 바로 이때 이성과 사랑이 서로 싸우기 시작한다.

'현실을 돌아봐.'

이성이 부추긴다. 상대가 변심한 건 아니지만, 사람은 원래 두 갈래, 세 갈래로 관심이 나뉘는 동물이다. 늘 변화하고 상황에 따라 변한다. 남녀의 마음은 신변 불가사의한 것이다. 변하지 않는 쪽은 질투하면서 상황이 변하는 것만 민감하게 감지한다.

뭔가 이상해. 왠지 예전 같지 않아. 인간은 그것을 피부로 느낀다. 다른 동물처럼 털이 없기 때문에 온몸으로 느낀다.

'설마 우리 헤어지게 될까?'

이 생각이 뇌리에 스칠 때부터 이미 '이별'은 시작된다.

생각만 했을 뿐인데, 이미 '가망 없는 것'이다.

따라서 내 '이별'에 관한 두 번째 아포리즘은

마음속으로 이별이란 말을 떠올리는 것 자체가 결정적
이다.

'이별'이란 단어가 한번 마음속에 자리를 잡으면, 여간해서는 나
가려고 하지 않는다.

그러나 헤어지는 방법도 각양각색. 서로가 욕을 퍼붓고 미워하
며 헤어지는 경우, 서로의 감정이 같은 셈이니 둘의 긴장감이 팽
팽하게 맞서고 나중에 헤어져도 뒤끝이 없다. 하지만 어느 한 사
람에게 미련이 있으면 이별이 힘들어진다.

하물며 두 사람 다 미련이 있을 때는 어떨까. 요즘 세상에 그런
신파극이 어디 있냐고 말하지 마라. 요즘 세상에도 '마사고초 선
생'◆은 있는 법이다.

이 시대의 '마사고초 선생'은 바로 '여자의 일'이다. 사랑하는 남
자가 직종을 바꾸거나 먼 곳으로 발령받아서 떠나야만 한다. 여자
는 일이 있기 때문에 쉽사리 따라갈 수 없다.(따라가고 싶은 마음은

◆ 이즈미 교카의 소설 《여자의 계보(婦系図)》에 나오는 사카이 슌조를 말한다. 사카이 슌조는
주인공 하야세 지카라가 게이샤 출신 내연의 처 오쓰다와 헤어지도록 종용한다.

113

굴뚝같지만 이 세상의 '군율'은 엄한 법.)

개중에는 장거리도 굴하지 않고 사랑을 관철시키는 분들도 있지만, 일과 남자 사이에서 양다리를 걸치고 둘 다 손에 넣는 것도 기량이 필요하다. 어느덧 인연이 끊어지는 남녀도 많다.

결국 장거리 연애에 실패했다는 여자의 이야기를 들었다.

"장거리 연애는 돈이 많이 들어요."

그녀는 이어서 말했다.

"돈도 돈이지만 시간 맞추기가 힘들다 보니⋯⋯."

인간은 나이가 들수록 바빠지는 것 같다.(하물며 나처럼 늘쩡늘쩡한 글쟁이도 그렇다.) 그래서 그녀의 사랑은 마치 도깨비불의 꼬리처럼 여운을 남기며 쉬익 사라졌다. 마지막으로 만났을 때 헤어지면서 그가 한 인사는 이랬다고 한다.

"또 전화할게."

이 말, 작별 인사로 꽤 괜찮지 않을까. 싸워야 하는 것도 아니고, 채소가게 오시치◆처럼 회사에 불을 질러서라도 뛰쳐나가 만나고 싶은 순진무구한 사랑도 아니라면, '또 전화할게'가 어른에게 어울리는 이별일 것이다.

◆ 에도시대 초기 채소가게의 딸로, 연인을 만나고 싶은 마음에 방화 사건을 일으켜 끝내 화형에 처해졌다. 그녀의 생애는 가부키, 조루리 등 일본의 고전 문예 작품으로 다수 각색되었다.

따라서 이별의 아포리즘 그 세 번째는

'또 전화할게'는 최고의 작별 인사다.

사람은 누군가와 헤어질 때 언제 어디서 다시 만나도 껄끄럽지 않도록 좋게 헤어져야 한다. 세상은 넓다. 본인이 아니더라도 자신의 지인이나 친구가 어디에서 어떻게 인연이 닿을지 모르는 일이다. 그래서 세상이 재미있고도 무서운 것이다.

한편 그런 외적인 조건 때문에 헤어진 게 아니더라도, 사랑이 바래고 열정이 식으면 인연의 매듭 또한 언젠가는 풀리기 마련이다.

그리고 사랑으로 맺어진 인연은 풀리기도 매우 쉽다. 이걸 끝까지 꽉 묶어 두려면 엄청난 에너지와 열정, 게다가 여러 기술과 지혜가 필요하다.

하지만 그렇게 인연의 매듭을 꽉 묶어 뒀다고 해도, 풀릴 시기가 오면 언젠가는 풀리기 마련이다. 그럴 때 헤어지고 싶다는 자신의 입장을 나타내는 말로 '또 전화할게'는 깔끔하지 못하다.

따라서 내가 생각한 작별 인사는 이별할 때만 그런 게 아니라 인생 전반에 대한 마음가짐이라고 할 법하다.

인생에서 가장 좋은 말은 '그럼'이다.

'그럼'은 접속사로 '그렇다면' '그러면'이란 의미다. '그럼 안녕'과 어감이 비슷하다. '그러하다면'이 '그러하면'이 되고, '그렇다면'이 또 '그러면'이 되고, 결국 극단적으로 줄어서 '그럼'이 된 것이다.

'그럼'이라는 말에는 '그렇다면 안녕히 가세요'라는 의미도 있고, 더 깊이 들어가면 '우리는 운명이 시키는 대로 헤어지지만, 이건 내 본의가 아닙니다. 그러나 일이 이렇게 된 이상 운명의 흐름을 거스르겠다고 발버둥 쳐도 소용없습니다. 행복했던 옛 추억은 가슴에 묻고 평생 잊지 않겠습니다. 당신도 새로운 미래에 희망을 가지세요. 당신이 더 재미있는 인생을 살기를 기도하겠습니다. 즐거운 시간 함께해 줘서 고마웠어요.'

이 내용을 한마디로 줄인 것이 '그럼'이다.

이 세상을 떠날 때도 '그럼'이란 말로 삶에 작별을 고하면 좋을 것이다. 그리고 무엇보다도 글을 끝맺을 때 적절한 말이리라. 그럼.

결혼은 외교

오늘 밤, 나와 피프티 짱이 술을 마시고 있는데 체면 씨한테 전화가 왔다. "잠깐 얼굴만 비추고 가도 괜찮습니까?"

괜찮다고 하자마자 바로 현관에서 딩동 소리가 났다. 대문 앞에서 전화를 건 모양이다.

이럴 때 휴대전화는 참 정이 안 간다.

"역시 전화였다면, 기다리다가 왜 아직 안 오지, 뭐 하느라 안 오는 거야. 아하, 빈손으로 오기 뭐하니까 뭐라도 사려고 어디 들렀나 보다…… 하면서……."

"빈손으로 와서 죄송합니다."

"아니, 그게 아니라, 그런 생각을 하는데 마침 들어오는…… 이런 상황이 전화와 인간의 이상적인 관계라는 말을 하고 싶었던 거예요. 딱히 선물을 바랐다는 말이 아니라."

나는 술을 마시고 있을 때는 늘 기분이 좋기 때문에 멤버가 다 모이면 마음이 들뜨기 시작한다.

"그렇다면 다행이고요. 아, 회사 동료들과 술을 마셨는데 2차까지 따라갈 기분은 안 들고, 그렇다고 이대로 곧장 집에 가고 싶지도 않고. 이럴 때는 어떻게 해야 하나 생각하다가 여기가 떠올랐어요."

그랬구나. 체면 씨는 볼이 발그레한 것이 조금 취해 보였다.

"왜 2차에 안 갔어?"

피프티 짱이 야무진 손놀림으로 위스키에 물을 섞어서 체면 씨에게 권한다.

"그 녀석들이랑은 1차면 몰라도 2차는 재미가 없어."

체면 씨는 웃옷을 벗고 넥타이를 푼다.

그럴 수 있지.

인간은 두 부류다. 1차가 재미있는 사람과 2차가 재미있는 사람. 내가 샐러리맨의 생태를 잘 아는 것도 아니고 체면 씨의 직장 분위기를 알 수 있는 것도 아니지만 말이다.

1차가 형식이라면 2차는 속마음을 털어놓게 되는 자리인데, 그때의 분위기가 재미있느냐 없느냐를 좌우한다.

"맞아요. 여기서 마시는 건 회사 동료들과 마실 때랑 다르거든요. 그만큼 재미있다는 거죠."

체면 씨는 늘어질 대로 늘어져서 술잔을 단숨에 들이켜고 입에 발린 말을 한다. 평소에도 이렇게 붙임성이 있으면 좋으련만, 취기가 돌지 않으면 이런 말을 전혀 하지 않는다. 아양, 붙임성, 입에 발린 말, 겉치레 같은 말도 알코올 농도에 따라 나오는 모양이다.(물론 취기가 돌수록 오히려 남의 험담이나 비난이 술술 나온다는 단점도 있다.) 붙임성 있는 남자를 원하면, 늘 술을 먹어야 한다는 말이 된다.

"2차는 그렇다 치고, 그럼 곧장 집에 가면 되잖아. 왜 안 가는 거야?"라고 피프티 짱이 묻는다.

"아니, 나무라려는 게 아니라 난 혼자 살아서 그 요점이랄까, 호흡이 궁금해. 남자는 일이 끝나면 왜 곧장 집에 돌아가지 않는지 그 이유를 모르겠어. 후학을 위해서라도 물어봐야겠어."

"그렇게 복잡한 건 몰라." 체면 씨는 얼큰하게 살살 웃으며 "그냥 바로 집에 가기 싫은 게 다야."

조루리浄瑠璃◆에도 "마누라 품에는 귀신이 살까 뱀이 살까"라는 구절이 나오는데.

◆ 줄거리가 있는 이야기에 가락을 붙이고 반주에 맞추어서 입으로 낭독하는 것. 일본의 전통 예능.

"돌아가기 싫은 가정인데 뭐 하러 계속 살아?"

피프티 짱은 순진하게 묻는다. 놀리는 게 아니라 진실 추궁에 불타오르고 있는 것이다.

"가정? 누가 가정이래! 집과 가정은 다르다고!" 체면 씨가 소리쳤다. 이미 첫 잔을 비웠고 서둘러 둘째 잔을 따른다.

"가정이라고 하면 얘기가 까다로워지지. 마누라, 아이, 노인들까지 모두 집어넣어야 하잖아. 신성하고 침범할 수 없는 무엇이 돼버린다고. 내가 말하는 건 그렇게 복잡한 게 아니야. 그냥 집이라고."

"무슨 말인지 잘 모르겠는데."

"'집'은 나도 모르는 사이에 생긴 것이고 '가정'이란 자각해야 하는 것. 언제나 '가정'이 있는 몸이다, 라고 나 자신에게 들려줘야 하는 거야."

"아아."

"똑똑히 들려줘야 돼. 그러지 않으면 바로 벗어나고 싶어지거든."

"누가?"

"당연히 나지. 똑똑히 알아 두지 않으면 큰일 나. '가정'이란 그렇게 답답하고 무겁고 어둡고 마음이 울컥하는 존재라고."

내용에 상관없이 체면 씨의 혀가 경망스럽게 잘도 움직인다.

따라서 내가 생각한 첫 번째 아포리즘은

> 남자에게 '집'이란 가끔 돌아가기 싫으면 내키는 대로 해
> 도 되는 곳이지만, '가정'은 늘 돌아가야 하는 곳이다.

"그래서 어렵다는 거예요, 가정 경영이라는 게."

내가 말했다. 요즘 젊은 사람들이 이걸 알면 "그렇게 어려운 거
면 안 할래요"라고 할 것 같다.

"글쎄요. 가정은 남편과 아내, 부부가 함께 헤쳐 나가야 하는 거
잖아요. 남자만 꾹 참고 노력한다는 듯 들리는데요."

피프티 짱은 어떻게든 여자를 남편과 동등한 위치로 끌어올리
려 했다. 체면 씨 말에 따르면 여자는 '가정 경영'의 소재 중 하나
에 불과하지 운영자는 아니라는 말인 것 같고, 피프티 짱은 여자
도 공동 출자자, 공동 경영자라고 주장하고 싶은 것이다.

"그건 그렇지만, 남자가 봤을 때 아내와 여자는 달라. 아내는 '가
정'의 일부지."

"그게 말이 돼?"

라고 피프티 짱이 언성을 높여서 내가 서둘러 끼어들었다.

"뭐, 가정에서는 남자도 남편이 되는 셈이니 마찬가지 아닌가
요."

"앗, 맞아요. 말씀하신 그대로예요"라며 체면 씨는 다행이라는 듯 끄덕인다.

"그럼 '가정'은 너무 변칙적인 조직이네요. 인간을 변질시키잖아요. 그러면서도 왜 너나없이 결혼하고 싶어 하는 걸까요." 피프티짱은 본인은 하고 싶지 않다는 듯이 말했다.

"아, 나도 그런 생각 할 때 있어. 듣고 보니 정말 그러네."

체면 씨는 차분하게 말했다. 그 변명에서 취기에 휘말리지 않으려고 죽기 살기로 버티는 다기찬 이성의 노력이 어렴풋이 느껴졌다. 그걸 보고 두 번째 아포리즘이 떠올랐다.

　여자를 말로 이기려고 해서는 안 된다. 수습할 생각이 있
　다면 말이다.

"아닌 게 아니라, 마누라와 무탈하게 지내려면 매일 머리를 짜야 해요. 이렇게 고민할 정도면 외무부 장관도 할 수 있겠다 싶다니까요."

체면 씨가 토로하자 세 번째 아포리즘이 떠올랐다.

　결혼은 외교다. 즉, 상술과 모략이 난무한다.

"하, 그런 말 듣고도 결혼하려는 사람이 있을까. 나는 그냥 포기할까 봐. 결혼은 평온하고 편안하며, 늘 편히 쉴 수 있고 마음에 여유를 주는 평안한 이미지 아니었나……."

"장례식장도 아니고."

체면 씨가 딴지를 건다.

"어쩌다 한번 느른하게 집에서 쉬어야겠다 싶을 때 마누라는 꼭 대청소를 하려고 해요. 내가 없을 때 하면 좋은데 예전부터 정해놓은 거라면서 곧 새 서랍장이랑 찬장이 올 거라는 거야. 왜 얘기 안 했냐고 하면 지난 주 일요일에 말했다고. 그렇게 되는 거지."

"하아."

"예전에 쓰던 서랍장이랑 찬장은 어떻게 했냐고 물으면, 다른 사람 줬다느니, 이제 그건 못 쓴다느니. 아직 쓸 만하지 않느냐고 물으면 '문이 안 닫혀요'라는 거야. 우리 마누라는 마음에 안 들면 꼭 존댓말을 쓴다니까."

"그렇구나."

"새 가구가 들어오면 집 안이 떠들썩하고 기뻐야 하는데, 나는 다시 적응해야 되니까 골치가 아파요."

"그건 그렇겠다."

"게다가 집에 들어가기만 하면 위치가 바뀌어 있어."

"하하."

"별수 없어. 그저 참고 어떻게든 적응해야 해."

이걸 아포리즘으로 만들면

가정의 운영 능력이란 곧 적응력이다.

"흠. 그게 부부가 원만하게 사는 요령이야?"

피프티 짱의 심기가 불편해 보인다.

"요령이라고 할 수 있을까. 부부라기보다 가정이 원만하게 굴러가기 위해선 '보고도 못 본 척하는' 것만 한 게 없지……."

마음에 있는 걸 꺼내 보이는 체면 씨.

"너무 그러지 마. 아무리 그래도 하다못해 남자랑 여자가 같이 사는 거잖아. 설령 남자가 남편, 여자가 아내로 바뀐다고 해도 결국은 남자랑 여자잖아. 사랑도 어느 정도 있어야지. 어렴풋하게라도 말이야. 나는 그런 걸 원했는데, 가정 운영이라느니, 결혼은 외교라느니. 차가운 현실만 들이대지 마란 말이야. 다들 꿈을 원하지 않아요?" 피프티 짱, 좀 취한 것 같다.

"맞죠, 아저씨? 제 말이 틀려요?"

이제껏 아무 말 없이 술을 마시고 있던 남편이 처음으로 입을 열었다.

"그렇지. 남자, 여자니까 사랑하면서 재밌게 살아야지."

"그렇죠?"

"그렇지. 그런데 사랑하면서 재밌게 살려면, 부부관계는 빨리 졸업해 버리고 둘도 없는 친구로 지내야 해."

궁극의 가련함

극한의 영락에 처했을 때 모자母子는 숭고하지만 부부는
가련하다.

여기서 영락零落이 무슨 의미인지 설명이 필요할 것이다. 영락
이란 궁극적으로 생존이 곤란한 상황이나 손을 쓸 수 없는 인생의
비운, 피하려야 피할 수 없는 불행을 말한다.

많은 사람이 기억하겠지만, 베트남전쟁 보도사진 중에 전쟁을
피해 네 모자가 강을 헤엄쳐 건너는 사진이 있다. 전쟁의 비참함,
무고한 서민의 고난을 뚜렷하게 말해 주는 사진이다. 백 마디 말
보다 그 한 장의 사진이 세상 사람들에게 강렬한 감동을 전했다.

엄마는 한 팔에 어린아이를 안은 채 필사적인 눈빛으로 뭍을 올려다보고 있다. 엄마에게 달라붙어 울고 있는 아이들.

그들은 무사히 구출되었을까. 이 사진은 인생의 숭고함이 궁극적으로 표현되었기 때문에 사람을 숙연하게 한다.

또 어느 날은 텔레비전을 보고 있는데 분쟁의 불길을 피해 국경을 넘는 난민들이 나왔다. 그들 중 초로의 부부가 서로 몸을 꼭 붙이고 앉아 무릎 위에 짐 꾸러미를 얹어 놓고 벌벌 떨고 있는 모습이 눈에 띄었다. 꼭 달라붙어 있는 그 모습에서 앞날에 대한 불안과 슬픔을 잊으려는 의지가 보였다.

영상은 순간이었지만, 그 부부의 모습은 나에게 매우 가슴 아픈 기억으로 남았다. 그야말로 궁극의 '애절함'이었다.

노인 혼자 고난을 겪는 것도 가련한 일이지만, 이런 경우는 주변 사람들이 공연히 참견하다가 도움을 주는 경우도 있고 하니 아직 손쓸 여지가 있으리라 생각한다.

그러나 부부의 비애는 그 '가련함'이 좀 더 복잡하다. 생판 남이었던 두 사람이 운명적으로 만나 결혼하고 세월과 운명을 뛰어넘어 함께하다가 가진 걸 모두 잃고 둘뿐이었던 처음으로 되돌아가 표류하게 된 것이다. 모자의 고난은 그 자체로 숭고하지만, 부부의 고난은 그들 뒤로 인생이라는 세월이 있기 때문에 가련함이 더욱 사무친다. 비통과 연민만 있는 것도 아니고, 동정심과도 다르다.

부부 단둘이서 유랑한다는 사실이 주는 애처로움이라고 할까. 이 것이야말로 진정한 남편과 아내의 모습이라고 할까. 그 사랑의 깊이와 신뢰가 그들의 불운한 운명을 두드러지게 하고 비참과 초라함에 깊은 음영을 드리우며 사람의 마음을 아프게 한다.

네 모자의 고난과 부부의 그것은 주는 느낌이 다르지만, 둘 다 감동적이고 보는 사람으로 하여금 애련한 마음을 불러일으킨다.

고전 중에서 내가 '부부의 가련함'을 느낀 작품은 《겐지 이야기》의 '법회' 편인데, 그중에서도 무라사키노우에가 죽는 장면이다.

그 대목에서 무라사키노우에는 사오 년 전부터 자주 앓다가 시간이 갈수록 몸져눕는 날이 많아진다. 겐지의 새 젊은 아내 온나산노미야가 후궁으로 들어온 지 십 년 남짓, 다사다난한 시간이었지만 무라사키노우에의 관용적이고 온화한 성정과 겐지의 애정 덕분에 그래도 부부의 위기를 잘 극복해 왔다.

무라사키노우에는 더는 죽어도 여한이 없다고 생각한다. 본인이 직접 돌봐 기른 양녀 아카시 중궁은 잇따라 출산했기 때문에 앞으로 중궁으로서의 지위나 황제의 사랑 모두 흔들리지 않을 것이다. 이제 어떤 걱정도 없다.

그보다도 아카시 중궁의 친모 아카시노우에가 후견인 자격으로 궁에 들어왔고, 후궁 사교를 도맡아 관리하고 있다. 중궁 소생인 첫째 황자는 입방立坊했다. 아카시노우에는 훗날 황제의 할머니가 된다는 현실적 영달에 정신이 팔려서 겐지와의 부부관계, 아니 남녀관계에서 '나는 빠지겠다'며 손을 뗀 상태다.

독자는 '봄나물(상·하)' 편에 이르러서야 작가 무라사키 시키부가 이상적인 여성인 무라사키노우에에게 왜 아이를 부여하지 않았는지 그 이유를 알게 된다.

정이 많고 총명한 무라사키노우에는 이성적인 판단 또한 뛰어나다. 그녀는 병상에 누워서 냉정하게 생각한다.

'이제 죽어도 여한이 없어. 마음에 걸리는 아이가 있는 것도 아니고.'

그러나 겐지를 남기고 저세상으로 가자니 마음이 괴롭다.

겐지와의 사랑이 확고해져서 과거에 있었던 남편의 수많은 사랑도 지금은 둘이 웃으며 이야기하게 되었다. 그러던 어느 날 온나산노미야가 느닷없이 신하에게 시집을 간다. 육조원은 새로운 안주인을 맞이하려고 한다. 무라사키노우에의 사랑과 자존심 건싸움. 그리고 괴로움, 원한. 무라사키노우에는 그 마음을 들킬까 괴로워한다. 그 나이가 되어서 아직도 이런 고통에 괴로워하다니.

무라사키 시키부는 남자와 여자의 상극을 뚜렷하게 나타내려는 의도로 무라사키노우에에게 아이를 부여하지 않은 것이다. 남자의 배신(아무리 진심을 담아 변명한다고 해도) 때문에 고뇌하고, 자신을 이해해 주지 않는 남자에게 절망하는 무라사키노우에. 겐지는 아내의 고통은 헤아리지도 못하고 "그래도 당신, 친정에서 걱정 없이 지내는 셈이니 얼마나 태평한 인생이오. 온나산노미야와 성혼을 했지만, 당신에 대한 사랑은 변치 않을 것이오"라고 말한다.

"그래요, 옆에서 보시기에는 그렇겠지요. 하지만 내 마음속에 이루 말할 수 없는 슬픔이 깃들어 견딜 수가 없어요. 그것이 나를 지켜 줄 기도祈禱일지도 몰라요."

이리하여 무라사키노우에는 죽을 때까지 사랑의 갈등에서 벗어나지 못한다. 출가를 청하지만 겐지는 허락하지 않는다. 퇴로는 막혀 있다. 하지만 바로 그때 무라사키노우에에게 전환점이 찾아온다. 무라사키노우에가 약하디 약하기 때문에 겐지는 죽을힘을 다해 간병한다. 새 아내도 오래된 애인도 겐지의 머릿속에서 지워지고 만다. 가장 사랑한 여인은 무라사키노우에 단 한 사람이라는 걸 깨닫는다. 그녀의 병세에 일희일우한다.

겐지의 그런 모습에 '이제 죽어도 여한이 없다'고 생각한 무라사키노우에는 '살고 싶어! 이분을 위해 살아야겠어. 이런 사람을 남겨 두고 떠나면 너무 가여워……'라는 마음이 든다. 절박한 마음으로 탕약을 마시면서 마음속으로 자신이 죽고 난 뒤 홀로 남겨질 겐지를 애처로워하며 슬픔에 잠긴다.

사방침에 기대어 가을 정원을 바라보고 있는 무라사키노우에. 겐지가 찾아와 기쁨에 찬 목소리로 "일어나 있었구나. 다행이다.

오늘은 기분이 좋아 보여"라고 말한다.

'별것 아닌 일에도 이토록 기뻐하시다니. 하지만 내 목숨은 이 정원의 싸리잎에 맺힌 이슬과도 같다. 죽으면 이 얼마나 한스러울까……'

무라사키노우에는 시를 읊는다.

> 깨어 있는 듯 보이나 순간에 꺼질 허망한 내 목숨
> 바람 불면 흩날릴 싸리잎에 맺힌 이슬

무라사키노우에는 이 노래처럼 숨을 거둔다. 그녀는 뒤에 남겨질 겐지를 몇 번이나 '가엾다'고 말한다. 그건 오랜 세월 부부로 지낸 인연의 역사를 말해 주는 표현이다. 아내는 남편을 홀로 남겨두는 게 괴로워 그를 가엽게 여긴다. 그 마음은 이미 보살의 마음이다. 그러한 남자와 여자의 모습에는 '가련함'이라는 말이 잘 어울린다.

《겐지 이야기》는 '부부 소설'로도 읽을 수 있다. 몇 쌍의 부부가 등장하는데 사랑과 죽음을 둘러싼 겐지 부부의 '가련함'이 선명하게 그려져 있어서 무척 재미있다. 부부란 그처럼 가련하고도 가련한 인연일까. 궁극의 '가련함'은 부부에게 있는 것일까.

반하다

여자는 내가 반한 남자는 잊어도, 나에게 반한 남자는 잊
지 못한다.

이 문장은 예전에 내가 쓴 연애소설의 한 구절인데, 원문은 조
금 다르다. "사람은 내가 사랑한 사람은 잊어도, 나를 사랑해 준 사
람은 잊지 못한다"가 원문이다. 소설에서는 이 문장이 더 안정감
있고 분위기가 난다.

그러나 아포리즘에서는 '사람'을 '여자'로, '사랑하다'를 '반하다'
로 고치는 게 의미가 더 잘 통하고 구체적으로 들린다.

여자가 남자에게 반해서 짝사랑을 시작했다고 하자. 사랑은 상

상력의 도움을 받아 상대방 남자에게 더욱 호감을 갖는다. 여자는 결국 그 사람 생각만 하게 된다.

내 사랑을 솔직하게 털어놓을까. 내가 먼저 다가가면 가벼운 여자라고 생각하지 않을까. 하지만 적극적으로 들이대지 않으면 그 '바보'는(물론 이 '바보'라는 말에는 슬픈 연정이 담겨 있다. 눈치 없고 무뚝뚝한 이 남자에 대한 안타까운 원망의 눈물이 가득 담겨 있다고 할까) 끝까지 모를 텐데, 라며 여자는 한숨을 쉰다.

결국 생각이 많아지다가 끝내 폭발하기 직전까지 치달으면 '에잇, 되든 안 되든 한번 해 보자'며 적극적인 공세로 치고 나간다. 그러면 상대는 현대를 살아가는 가냘픈 남자인 터라 개중에는 주눅이 들어 도망가는 남자도 있다. 개인적 취향도 있을 것이고, 남자의 집안 사정도 있을 것이다. 아니면

"나도 그러고 싶은데 지금은 때가 좋지 않아. 우리 시기를 좀 더 늦추지 않을래."

하고 아쉬워하는 남자도 있을 것이다.

결과가 불발로 끝난 경우, 여자와 남자는 이솝우화까지는 아니지만 여우와 시큼한 포도 같은 관계로 바뀌고 여자의 사랑은 증오로 변한다.

"저런 놈은 안 돼. 저 녀석, 어차피 바보야."

그러다가 결국 "아, 말도 안 돼. 저런 놈 때문에 마음고생하고 구

차해진 걸 생각하면. 아깝게 귀한 시간만 낭비했잖아……"라고 반성하다가, 결국에는 인생 공부한 셈 치자고 딱 잘라 결론 내고 태도를 싹 바꾼다.

고백했다가 차인 것뿐이야. 딱히 어떻게 된 것도 없어. 잊어버리자. 여자는 이렇게 사랑했던 남자를 깨끗하게 잊어버린다.

그러나 인생은 제각각인 법. 남자 중에서는 때마침 시기가 맞아떨어져 어쩐지 재미있어 보인다며 받아들이는 사람도 있다. 그런 남자에게는 여자가 먼저 다가온 예기치 못한 이 사건이 천운이나 다름없다. 아마도 기다렸다는 듯 받아들일 것이다. 남자와 여자, 불타오르는 방식에 차이가 있다고 해도 그 또한 사랑에 음영이 풍부해져 더 즐거울 것이다.

뜻을 이룬 여자는 뛸 듯이 기쁘겠지만, 남자는 출발이 늦었기 때문에 여러모로 마음의 운전기관을 조정하거나 빠진 부품을 조달하느라 바쁘다.

그렇게 해서 드디어 운전이 개시되면 한동안 밀월이 이어진다.

사랑이 이루어지고 더할 나위 없이 행복한 인생 최고의 순간이 지속된다. '시간아, 멈추어 다오'라는 말은 이런 상황에 놓였을 때 비는 소원일 것이다. 그러나 인생에서 그런 시간은 길게 이어지지 않는다. 차츰 마음이 어긋나고 삐걱거리기 시작한다. 왜냐하면 여자는 주문이 많은 종족이기 때문이다.

남자에게 자신과 똑같은 사랑과 애정을 요구한다.

하지만 남자가 갖고 있는 재고 중 그런 상품은 없다. '남자'라는 가게는 그런 '종류'의 물건을 취급하지 않기 때문에

"이걸로는 안 될까요. 모양은 달라도 성능은 똑같습니다."

라며 다른 물건을 추천한다. 하지만 여자는 받아들이지 않는다. 자신이 원하는 걸 자신의 요구대로 내놓아야 한다며 남자를 협박한다. 예전 생각은 못하고 말이다.

남자가 주관을 꺾고 여자에게 동조하면 여자는 또 그 점이 마음에 들지 않는다. 그렇게 사랑하던 남자를 이제는 무시하기 시작한다.

착한 남자, 내 뜻대로 되는 남자를 좋아하면서 막상 그렇게 되면 남자를 업신여긴다. 여자란 참 심보가 고약한 존재다. 여봐란듯이 반대되는 행동만 하고 있지만, 사실 여자 입장에서는 진지하게 하는 행동이다.

"내가 틀린 말 했어요?"라는 기세로 나오기 때문에 남자는 못 당한다. 여자에게 잘해 주면 잘해 줄수록 여자는 남자를 만만하다고 얕보고 생트집을 잡는다.

결국 좋든 싫든 상관없이 이별의 시기가 찾아온다. 모든 사랑은 꽃을 피우면 지는 법이니까……

이별이 예감될 때 여자는 이별 전문가가 된다.

차고 넘치는 지혜를 짜내서 남자의 사랑을 되돌리고, 남자가 전보다 더 나를 사랑하게끔 노력한다.

하지만 이는 두 사람의 사랑을 다시 이어 붙여서 최고로 행복했던 순간을 되찾기 위한 의도가 아니다. 사실은 '헤어지기' 위한 공작이라고 할 수 있다. 아, 여자란 이 얼마나 간휼한(가장 아름다운 의미에서) 존재인가.

남자는 아무것도 모른 채 그에 동조해 이전보다 여자를 더욱 사랑한다고 착각하기 시작한다. 바로 그때 여자는 떠나간다. 이런 아포리즘은 어떨까.

여자는 남자의 사랑을 확신했을 때 떠날 수 있다.

이건《겐지 이야기》의 로쿠조미야스도코로를 봐도 알 수 있다. 겐지는 연상인 미야스도코로의 열정을 차마 받아들이지 못하고 주저한다. 미야스도코로는 사랑에 지쳐 수심이 가득한 나머지, 이세의 재궁齋宮◆이 된 딸을 따라 이세로 내려가려고 한다. 만약 겐지가 적극적으로 말렸다면, 미야스도코로는 오히려 마음 편히 내려갈 수 있을 것이다. 겐지의 사랑을 확인할 수 있다면 이별이 훨

◆ 이세신궁을 모시는 미혼의 여자 황족을 말한다.

씬 쉬워지는 것이다.

혹은 겐지가 "아, 그렇군요. 뜻대로 하세요"라고 냉정하게 말했다면, 이것 또한 사랑을 단념하고 교토를 떠날 이유가 되어 줄 것이다. 그러나 겐지는

"내 마음은 변하지 않을 겁니다. 멀리 내다보세요."

라는 그때뿐인 입에 발린 말로 둘러대면서 공연히 미야스도코로를 혼란스럽게 만든다.

미야스도코로는 그녀가 겐지의 아내인 아오이노우에를 질투한 나머지 생령이 되어 괴롭힌다는 소문 때문에 속앓이를 한다.(미야스도코로의 자업자득이라고 말하는 사람들도 있지만, 그녀도 그녀의 무의식이 한 일이니 스스로 짊어져야 할 죄라고 단정할 수도 없다.)

미야스도코로로서는 겐지가 "이세伊勢로 가시다니 말도 안 됩니다. 허락할 수 없어요"라고 강하게 반대해 주기를 바랐다. 하지만 겐지는 "나를 버리고 가시려는 마음도 지당합니다"라고 에둘러 말하면서 미야스도코로를 힘들게 한다.

그 사이 미야스도코로가 이세로 떠나는 날이 다가오고, 겐지도 더는 가만히 있을 수 없어 미야스도코로를 찾아간다.

때는 바야흐로 사가노嵯峨野의 가을, 푸석한 벌레 소리와 솔바람 소리 들리는 쓸쓸한 밤, 두 사람은 밤새도록 이야기한다. 원전에 확실히 나와 있지는 않지만 두 사람은 마지막 이별을 앞두고 사랑

을 나눴다고 해석할 수 있다. 겐지는 여러 가지 일로 미야스도코로와 멀어졌지만, 막상 얼굴을 마주 대하고 나니 이전처럼 미야스도코로의 매력에 이끌린다. 아름답고 교양 넘치는 귀부인, 겐지가 한때 깊이 사랑했던 여인인 것이다. 겐지는 옛 추억에 마음이 흔들린다.

끝내 겐지는 말한다. 미야스도코로가 그토록 듣고 싶어 했던 그 한마디를. 그 순간 그의 감정은 거짓이 아니다. 미야스도코로는 남몰래 결심한다. 그가 나를 사랑하니까 헤어질 수 있다고.

밤이 서서히 밝아 온다. 겐지는 미야스도코로의 손을 잡고는 놓지 않는다. 남자는 지난날의 사랑을 떠올리며 이제야 미야스도코로에게 미련이 남는다. 미야스도코로도 새벽녘 안개가 걷히듯 헤어지기로 결심한 것을 쓸쓸하고도 가련하게 여긴다.

자신이 반한 남자라고 해도 사랑이 '이별'로 완결되면 여자는 그 사랑을 잊어버린다.

하지만 여자는 자신에게 반했던 남자를 잊지 못한다. 왜일까. 내 생각에 그 이유는 아쉬울 것 없는 여자에게 남자가 더 열렬하게 다가왔기 때문이다. 본인에게 선택권이 있다는 자신감 때문이었을 것이다.

반한 사람은 밤이고 낮이고 그 사람 생각뿐인데, 이쪽은 자기도 모르게 까맣게 잊고 있다가

"어제 제가 드린 편지 읽어 보셨어요?"

라고 남자가 조심스럽게 물으면

"네? 그런 게 있었어요? 광고지인 줄 알고 쓰레기통에 버렸나 봐요. 미안해요."

라고 말한다. 말은 그렇게 해도 내심 들이대는 남자가 귀엽고 미워하려야 미워할 수 없다. 비록 자기 취향이 아니라 해도 말이다. 어렸을 때는 내 타입 아니라는 생각이 들면 단칼에 잘라 버렸다. 말 붙일 엄두가 안 날 정도로 차갑게 대했다. 하지만 나이를 어느 정도 먹으면 사람이 여문달까, 세상 물정을 훤히 꿰뚫어 볼 수 있는 나이가 되면 예상치 못했던 사람이 사랑 고백을 해도

"어머나, 말씀만으로도 기분 좋네요. 이 나이에도 이런 일이 다 있네."

라고 대답한다. 말하자면 요즘 세상은 여자도 '아저씨' 혹은 '사무라이'가 될 수 있는 시대인 것이다.

일하는 여자는 의리와 인정의 굴레에 얽매여 마음먹은 대로 행동할 수 없다. 그것이 현대 인간 사회의 현상이다. 똑 부러지게 일 잘하는 여자가 늘어난다는 건 여자도 남자 같은 삶을 따라간다는 의미일 것이다.

남자가 고백을 하면 이렇게 답한다.

"마음은 고맙게 받겠습니다."

친절을 베풀어 주신 건 너무 감사하고 황송하지만, 자신이 처한 상황을 둘러보며 자중자제하고 자숙해야 한다고 강요받는 것이 현재 여성의 삶이다. 이를 여자의 '아저씨화' '사무라이화'라고 말한다.

섭섭하지 않게 요령껏 넘길 수도 있지만, 여자가 임원이 되고 부하를 두게 되어 그 부하에게 고백을 받으면 어떻게 할 방법이 없다. 후의에 보답할 수 없다는 것이 인생의 통한사가 아닐 수 없다. 그렇다고 해서 젊었을 때도 아니고, 술자리 여흥을 빌려 슬쩍 넘어갈 수도 없다.

실제 삶에서는 그 남자와 헤어지더라도 그가 고백한 추억만은 마음속 상처로 남아 미화된다.

무슨 말인가 하면, 먼저 고백한 남자에게는 '먼저 고백했다는 약점'이 열등감처럼 따라다닌다. 이건 꽤 좋은 일이지만, 여자가 남자를 먼저 좋아한 경우도 '먼저 좋아했다는 약점'이 좋아 보이지 않는다. 오히려 "내가 못할 말 했나요?"의 대가라서 콧대가 세다. 약점 따위 약에 쓰려고 해도 없는 것이다.

여자는 그걸 막연히 느끼고, 먼저 고백해 준 남자에게 호감을 갖는다. 그게 바로 잊을 수 없는 이유일 것이다.

우정과 사랑

옛말에 단금지계斷金之契, 문경지교刎頸之交라는 말이 있다. 사전을 찾아보면 쇠도 자를 정도로 두터운 우정, 목이 잘려도 후회하지 않을 우정을 뜻한다고 쓰여 있다. 오래된 중국 성어니까 이는 당연히 남자끼리의 우정을 말할 것이다. 여자에게 우정 따위 있을 리가 없다, 그런 '사회성'이 여자에게는 없을 것이다, 라는 게 고금을 막론하고 남자들이 믿어 의심치 않았던 편견이다.

그러나 우정이란 마음이 하는 일로, 사회성과 관련이 없다. 자아와 개성을 가진 여자는 자신과 비슷한 동성 친구 안에서 경애, 신뢰할 만한 친구를 찾을 것이다.

이것이 바로 현대인의 상식이다.

아주 오랜 옛날에도 여자들 사이의 우정을 주장한 사람이 있었다. 바로 《겐지 이야기》를 쓴 무라사키 시키부다. 《겐지 이야기》를 보면 처음에는 대립하던 무라사키노우에와 아카시노우에가 작은 아가씨를 매개로 점점 사이가 좋아져 우정을 맺는다.

또 무라사키노우에는 겐지의 오래된 아내 중 한 명인 하나치루사토의 꾸밈없고 다정한 모습을 본 뒤, 그녀와 좋은 친구가 된다.

무라사키 시키부는 어린 시절부터 여자들의 우정을 믿고 있었던 것 같다. 《백인일수百人一首》[◆]를 보면 "모처럼 만났는데 서로가 알아보지도 못한 사이에 허둥지둥 돌아가 버렸다. 마치 눈 사이에 숨어 버린 한밤의 달처럼"이라는 시가 실려 있다. 아주 짧은 재회. 달이 눈 사이로 숨듯이 당신은 또 가시는군요, 라는 의미를 담은 시다.

실제로 무라사키 시키부는 이 친구 외에도 후지와라노 쇼시[◆]를 섬기는 동안 동료인 누군가와 우정을 나눈 듯하다. 단, 세이 쇼나곤[◆]은 그녀의 동료도 아니었고, 일종의 라이벌 의식이 있었기 때문에 무라사키 시키부는 그녀를 아주 심하게 매도한다.(천 년 후 읽고 있는 우리로서는 작가의 내면을 들여다볼 수 있어서 아주 흥미로

◆ 시인 백 명의 와카를 한 수씩 집대성한 시집이다. 무라사키 시키부도 그 백 명의 시인 중 한 명이다.
◆ 헤이안시대 이치조 천황의 황후.
◆ 헤이안 시대의 여성 작가이자 가인. 수필 《마쿠라노소시(枕草子)》로 유명하다.

운 대목이지만.)

무라사키 시키부는 남편과 사별하고 나서 애인은 있었던 모양
이지만, 남자 친구는 없었던 것 같다.

한편, 재미있는 것이 세이 쇼나곤은 남자 친구가 있었고 그들과
의 우정을 즐겼다고 한다. 그것도 후지와라노 유키나리*나 후지
와라노 다다노부* 같은 당대 쟁쟁한 재인들과 말이다. 그녀의 기
지와 학식은 충분히 그들과 맞서고도 남았다. 남자들에게 인정받
는 걸 최고의 즐거움으로 여겼고, 남자들 또한 만약 같은 남자였
다면 논쟁에 지거나 상대방 수에 넘어가면 복잡한 마음이 들었을
텐데 여자라서 그러지 못한다. 그 모습이 오히려 통쾌하다. 그런
존재는 귀하게 여길 만하다. 그저 함께 유희를 즐길 뿐이라고 해
도 이성 간의 우정이 존재할 수 있다는 걸 세이 쇼나곤이 증언해
준 셈이다.

그런 세이 쇼나곤으로서는 당연히 애인과 이야기하는 것보다도
재인들과 논쟁하는 쪽이 훨씬 재미있었을 것이다. 아니나 다를까
《마쿠라노소시》에 그려진 연인의 태도는 너무 상스러워서 세이
쇼나곤의 멸시를 부른다. 넌지시 들어오면 될 것을 발을 졸랑거리
며 오지를 않나, 새벽에 들어올 때는 베갯머리를 툭툭 치며 들어

◆ 헤이안시대 중기의 서가.
◆ 헤이안시대 중기의 귀족.

와 허둥지둥 부산을 떨지 않나…… 아주 엉망진창이다.

하지만 연인보다 재주 있는 남자 친구들과 지내는 것을 즐거워한 세이 쇼나곤은 특수한 경우라고 할 수 있다. 보통 여자라면 이즈미 시키부 같지 않을까.

이즈미 시키부*는 내 삶은 사랑만으로도 빠듯하다는 주의였다. 남자라면 모두 애인으로 삼기 때문에 친구를 만들 틈도 없다. 동성 친구 따위는 눈에 들어오지도 않는다. 여자끼리의 우정은 물과 같아서 향 좋고 맛이 깊은 술과 같은 남자와 비교하면 시시하기 이를 데 없다.

근대에 접어들어서 여자의 우정에 대해 고찰한 사람은 요시야 노부코다. 노부코는 그 제목부터가 《여자의 우정》인 소설을 썼고, 이 소설은 베스트셀러가 되어 여성 독자의 마음을 사로잡았다. 제목만으로 2, 30년대 일본에서는 충격 그 자체였다. 이 소설로 인해 여자에게도 우정이 있다는 걸 발견한 셈이다.

굳건한 가족 제도 안에서 힘들어하던 여자들은 여자의 뜨거운 연대를 부르짖는 이 작품으로 인해 정신이 번뜩 든다. 그러나 진정한 '여자의 우정'을 즐기기 위해 여자들은 종전 후 사상 개조를 기다려야만 했다.

* 헤이안시대 중기의 시인.

그리고 현재. 여성이 직장을 가질 수 있게 되었고 사회 진출이 이루어졌고 여자 친구, 남자 친구라는 구별조차 사라졌다.(나는 술 친구가 많았기 때문에 더더욱 남녀가 섞여 있다.)

여자와의 우정, 남자와의 우정이라는 구별 자체가 없다. 게다가 요즘 사람들은 여러 모습을 가지고 있다가 용건에 따라 그에 맞는 모습을 꺼내 놓는다. 골프 상대, 술친구, 직장 동료, 학교 동창, 취미가 같은 친구 등 어떤 친구와도 웬만큼 잘 지낼 수 있다. 말하자면 우정도 전방위 외교처럼 수행하게 된 것이다.

단금지계, 문경지교 같은 둘도 없는 친구 사이는 유지하기 부담스러워서 아무도 선뜻 나서려고 하지 않는다.

"그런 게 있다는 건 아는데……."

라든가

"아, 아니요. 들어 본 적은 있죠. 써 보라고요? 못 써요. 사전 보면 알 것 같지만."

"아뇨, 어렴풋이 의미는 알죠. 하지만 요즘 같은 세상에서는 보기 힘든 거 아닌가요?"

라면서 골동품 취급을 당한다. 돈독한 '우정'은 마치 임협 영화에나 나오는 '의리'처럼 "있다는 건 아는데……"라는 말과 함께 구석으로 밀려난다.

남자들의 우정이든 여자들의 우정이든, 우정이라는 것 자체가 현실에서 사라졌다. 있다고 해 봤자 한때의 공명이었으리라. 남자와 여자가 서로 어울리고 남자와 여자 사이에도 담백한 친구 관계가 가능하여 언뜻 우정으로 혼동하기 쉬워진 현대의 조잡한 인간관계 속에서 극히 자연스러운 추이일 것이다.

그런데 내가 남녀 상관없이 진정한 우정을 느꼈던 건 아주 오래전, 동인지를 만들자며 다 함께 절차탁마했던 시절이다. 모두가 어렸고 모두가 혼자였다. 모두 소설을 좋아했고 모두 다 소설을 못 썼다.

오사카 노조가 모태가 된 문학학교라는 게 생겨서 생활기록◆ 같은 글을 쓰게 했지만, 그곳을 나오면서 자연스레 여러 갈래 모임으로 나뉘었다. 우리 모임은 '쓰고 싶은 걸 마음대로' 쓰기로 했다. 타이프 인쇄가 있었던 시절로, 모두의 작품을 모아 책으로 만들어서 아카조친赤提灯이라는 가게 구석에 앉아 합평을 했다. 정말 재밌었지만 자칫 술에 취하면 혹평회가 되었다.

어떤 모임은 무슨 회관의 방 하나를 빌려서 하니야 유타카埴谷雄高 독서회를 했고, 또 어떤 모임은 조용하게 찻집 구석에 앉아 사르트르를 연구하기도 했다.

◆ 서민 대중이 생활 속에서 체험한 것과 그에 관해 느낀 것을 사실에 입각해 산문 형식으로 쓰는 것. 1920년 작문에 의해 초등교육의 숨 막힘을 타개하려고 한 소학교 교원이 교구 청년을 대상으로 지도한 것이 시작이다.

나는 그 모든 모임에 얼굴을 내밀었지만, 적은 아카조친 술집에 두었다. 그 모임에서 어떤 남자의 소설을 여지없이 혹평했고, 내 작품 또한 무참하게 밟혔다.

나 혼자만 라쿠고 소설을 썼고 나머지는 모두 사소설을 썼다.

그들, 그녀들의 소설을 읽으며 나는 각자의 가정환경을 아주 자세히 알게 되었다.

"우리 형, 이제 가망 없대……."

라고 말한 친구는 아버지가 안 계셔서 형이 엄마와 함께 집안을 이끌고 있었다. 그런데 그 형이 결핵 말기라는 것이다. 한편, 다른 남자는 어두운 얼굴로 말했다.

"엄마가 여동생 데리고 집을 나갔어……."

우리는 그의 소설을 읽고 부모님 사이가 많이 안 좋다는 걸 자세히 알게 되었다. 우리는 그의 소설을 혹평하면서도 그의 처지는 동정했다. 그 자리에 있던 누군가가

"너, 그 이야기 꼭 써. 쓰는 것만으로도 위안이 될 거야."

라고 말했다.

시대극에 나오는 술집처럼 길쭉한 벤치에 작은 면방석이 아무렇게나 놓여 있었다. 나는 고등어 초절임이나 파와 유부 초된장무침을 안주 삼아 데운 술을 직접 따르며 '이상적인 라쿠고 소설'에 대해 이야기하고는 했다. 그러다가 조금 취하면

"소설의 궁극은 라쿠고야……."

라고 외쳤다. 모임이 끝나고 밖으로 나가면 어찌나 추운지 전차 대로에 강바람이 휘몰아쳤다. 나는 양쪽에 남자 친구들을 끼고 매달린 듯한 자세로 걷다가

"우와, 따뜻해."

라고 말했다. 한 남자 친구가 자신이 쓰고 있던 방울 달린 털모자를 나에게 씌워 준 적도 있었다. 모두 좋은 녀석이었다. 다 깔끔하고 착한 성격이었다. 좋은 친구였다. 그 젊은 날, 나는 남자 친구들과 마음껏 우정을 나눴다.

하지만 그렇다고 사랑으로 발전하지는 않았다. 어느 모임에 가도 마찬가지였다. 그들의 사소설 때문에 생활환경을 너무 속속들이 알게 되어서였을까. 각자의 사정을 지나치게 동정하고 지나치게 위로했기 때문일까…….

궁극의 우정은 동포애일까. 결혼까지 도달한 커플이 다른 모임에 딱 한 쌍 있었다. 둘 다 좋은 글쟁이였지만, 남자는 회사 다니느라 바빠서 문학에 대한 뜻을 뒤로 미루게 되었다고 한다.

여자는 시도 쓰고 감각이 세련된 예쁜 아이였다. 그런 그녀를 어느 날 만났는데, 가지절임 이야기만 했다. 서방님이 가지절임 반찬을 무지 좋아했나…….

그 시절 남자 친구들과 나눴던 우정은 이제 두 번 다시 누릴 수

없을 것이다.

그래서 이번에는 그때의 향수를 담아 우정과 사랑에 대한 아포리즘을 전한다.

위로가 사랑으로 승화되지 않는 것처럼 우정도 사랑으로
화학변화 하지 않는다.

버 리 다

한때 물건 버리는 노하우에 관한 책이 화제가 된 적이 있다.

하여튼 어느 집이든 물건이 넘쳐 난다. 새 물건을 사고 싶어도 이미 산 물건으로 가득하다. 새 것을 원하면 낡은 것을 버려야 한다.

그런데 바로 그 시점에 '버리는 기술과 발상'을 새롭게 개척한 책이 나온 것이다. 매우 참신한 아이디어였다.

'물건을 버려도 된다.'

세상 사람들 모두 그 새로운 발견으로 들썩였다. 그리고 그 모습을 보고 가장 씁쓸해하셨던 분들은 사학계 학자님들이었던 것으로 기억한다.

"요즘 사람들은 뭐든 쉽게 버리는데, 이는 매우 위험한 풍조다.

가재도구는 그렇다 치고 공적, 사적 관련 자료는 아무리 사소하고 쓸모없어 보여도 그 가치를 현대의 척도로 가늠할 수 없다. 버리는 건 문화적 영위가 아니다."

이 또한 지당한 말씀이다.

그런 관계는 차치하고 요즘 젊은 사람들에게 '버린다'는 것에 대한 거부감이 많이 사라진 것 같다. 마치 브레이크가 고장 난 것 같다고 할까.

요 며칠 전에도 중년인 체면 씨가 깜짝 놀라서 찾아왔다. 어느 날 그가 사는 맨션의 대형 쓰레기장에 갔다가 말도 안 되는 것을 발견했다는 것이다.

그건 바로 세련된 검은 가죽 소파였다.

"흠집 난 데가 하나도 없었어요. 진짜 가죽이고……. 집에 가져가고 싶었지만 도저히 둘 곳이 없어서 말이죠."

흥분이 가라앉지 않는 표정이었다. 체면 씨도 중년이고 옛날 사람인지라

"맨 먼저 든 생각이 '아깝다, 이렇게 비싼 걸……'이었어요. 이러다가 천벌 받지, 하는 생각이 절로 들더라니까요."

"어머, 할머니 같은 발상이네."

피프티 짱이 말했다. 그러는 당신도 중년이십니다.

하지만 나도 '천벌 받는다'는 발상에 동의한다. 물건에는 그 물

건이 지닌 생명과 사명이 있다. 그 물건이 그 생명과 사명을 완수하는 게 이 세상에 나온 책무를 다하는 것이다. 그뿐 아니라 그 물건과 인연이 닿아 인생을 함께 걸어온 사람 또한 그로 인해 만족감을 얻을 수 있다. 그런 것을, 아무렇게나 쓰다 말고 휙 버린다는 건 하늘이 두렵지 않은 처사라고 할 수 있다. 옛말로 '헌신짝처럼' 버린다고 할까.

"와, 이야기가 점점 거창해지네요. 옛말까지 나오고, 오버액션입니다."

피프티 짱은 혼자 젊을 생각인가 보다. 그러더니

"그래도 젊은 사람들이 새로운 걸 척척 사니까 경제가 활성화되는 거 아닐까요?"

"그래도 아까운 건 아까운 거야"라고 체면 씨가 말했다. '하늘이 두렵지 않은 처사'라고 말한 나와 체면 씨는 시대에 뒤처졌다며 피프티 짱에게 비웃음을 샀다.

그런데 생각해 보면 나 또한 정말로 물건을 버리지 않는 여자다. 그럼에도 '오는 물건 막지 않는' 사람이라서 좁은 누옥에 점점 물건이 쌓여 간다.

나는 소도구, 지저분한 봉제인형과 책에 파묻혀 얼마 되지 않는 공간에 몸을 억지로 욱여넣고 눈만 내민 채 글을 쓰는 상태다.

아무리 작은 물건(유리 물병, 도자기 붓꽂이, 자수정 팔각뿔 등)이라도 하나하나에 역사와 추억이 깃들어 있고, 완전히 손에 익어서 버리려야 버릴 수 없다.

책상 위에 아무것도 두지 않거나 컴퓨터 한 대만 있으면 된다는 사람도 있다. 먼지 낀다고 고가의 장식품이나 애장품, 수집품 같은 걸 모두 큰 진열장에 넣어 둔다는 사람도 있다. 사람들 모두 제각각이다. 하지만 안에 넣어 두면 평소에 눈으로 볼 수 없고 손으로 만질 수 없다. 나는 때가 타든 먼지가 끼든 늘 만져야 하고 가까이에 두고 싶어 하는 타입이라서 어수선하더라도 책상에 늘어놓는 것이다. 그래서 그들은 늘 거기에 있다.

하지만 그런 물건 중 몇몇은 한진 아와지 대지진 때 부서졌다. 어느 날은 우리 집에 놀러 온 친척 아이들이 어떤 물건을 너무 갖고 싶어 했다. 가정교육을 잘 받았는지 달라는 말을 하지는 않았지만 갖고 싶어 하는 모습이 너무 귀여워서 선물로 준 적도 있다. 나는 그 물건들에게 "사랑받으면서 잘 지내"라고 말하며 보내 주었다. 물론 그 아이는 매우 기뻐했다. 누군가가 내 물건을 갖고 싶어 하는 모습만 봐도 주고 싶을 때가 있다.

이것도 '버리는 것'의 한 형태일지도 모른다. 그리고 그 물건이 사라진 이후의 삶은 존재했을 때의 삶과 완전히 다른 것이다. 그래서 내가 떠올린 아포리즘은 물건 하나를 버리는 것은 삶 하나를 버리는 것이다.

《겐지 이야기》에서 무라사키노우에가 죽은 뒤, 겐지는 예전에
그녀에게 받은 편지를 찢어서 태워 버린다. 무라사키노우에를 잃
고 끝내 삶의 희망까지 잃은 겐지는 출가해 새로운 삶을 살아가고
자 한다. 추억을 버린다는 건 지금까지의 인생을 버리는 것이다.

그래서 떠오른 이야기가 있는데, 사카모토 료마가 암살된 뒤 그
의 애인 오료는 료마의 누나인 오토메를 믿고 도사土佐로 떠난다.
게다가 도사의 시골 무사에게 시집 간 여동생의 시댁에 몸을 의탁
하는데, 아무래도 그곳에서 지내는 게 힘들었을 것이다. 결국 자신
이 살 곳은 에도라면서 오료는 에도로 떠난다. 그리고 그 전날 밤,
오료는 혼자 강가로 가 료마에게서 받은 편지를 태워 버린다.

도사 사람은 지금도 그 이야기를 하며 안타까워한다. 료마가 쓴
연애편지라면 얼마나 재밌었을까. 피안의 하늘로 피어 올라간 연
기를 지금까지도 아까워하는 것이다.

그러나 오료에게 료마의 연애편지를 버린 건 지금까지의 인생
을 버리는 것이나 마찬가지였다. 겐지처럼 새 삶을 시작하기 위해
버려야만 했던 예전 삶이었던 것이다.

그리고 또 버리는 데에는 시기라는 것도 있다.

지금 아니면 안 되는 '버리기 좋은 때' 말이다. 나 또한 어쩌다가

그런 시기와 조우한 적이 있다.

　다른 사람이 보면 그 어떤 가치도 없는 물건이지만, 그래도 정신적 파장이 비슷한지 한 친구가

　"어머, 이거 예쁘다."

　라고 말한 적이 있다. 마침 그 친구에게 좋은 일이 있었고 해서 축하 선물로 그 물건을 주었다. 마노로 된 토끼였다. 그녀가 너무 기뻐했고 토끼도 기뻐했고 나 또한 만족스러웠다. 이런 것이 시의적절한 때라는 것이리라.

　길고 긴 인생, 이렇게 시의적절하게 버릴 수 있다면 더할 나위 없이 좋을 것이다. 그래서 두 번째 아포리즘이다.

　　하나씩 버리는 것에 인생의 묘미가 있고 버리는 시기에도
　　그 묘미가 있다.

　"어머, 그럼 점찍어 놓은 걸 말씀드리면 언젠가 받을 수도 있겠네요."

　피프티 짱은 점찍어 놓은 것도 한둘이 아닌 것 같다.

　"뭐든 하나라도 괜찮으니까 조만간 시의적절할 때 나한테도 그 '묘미'가 돌아왔으면 좋겠다. 제가 갖고 싶은 건 별거 아니에요. 흑진주 반지나 파란색 유리 사탕함, 아니면……."

"내가 버린다는 말을 듣고 떠오른 건……."

나는 피프티 짱의 말을 못 들은 척하며 끼어들었다.

"그건 바로 소설을 쓸 때예요. 플롯이나 아이디어를 다양하게 생각해 놓고 하나씩 버리기 시작하거든."

나뭇잎과 가지를 쳐 내고 또 쳐 내다 보면 소설이 처음 의도와 전혀 다른 내용으로 변해 버린다.

그러면 이래선 안 된다며 구성을 처음부터 다시 고친다. 쓰고 싶어서 끝까지 버리지 못하고 남겨 둔 아이디어가 꼭 있어서 어떻게든 그걸 써 보려고 기를 쓰지만, 이것도 아니야, 저것도 아니야, 라며 고민을 거듭한다.

무슨 일이 있어도 쓰겠다고 오기를 부리고 그 아이디어에 집착하다 보면 도저히 해결의 서광이 비추지 않는다. 아무리 노력해도 부자연스러워지고 결국 혼돈에 빠져 수습되지 않는다.

그러면 결국 그 아이디어를 버린다. 예로부터 사람들이 하는 말이 있지 않나.

"목숨을 버리고자 할 때 비로소 살 방도가 생긴다."

지금 쥐고 있는 걸 버리고 도로아미타불 상태가 되면, 참 신기하게도 아이디어가 마구 솟아오른다. 그렇게 의욕이 샘솟기 시작하고 처음부터 구성을 다시 생각하면, 이번에는 술술 써진다. 그러고 나서 다시 읽어 보면 어디서 많이 본 것 같은 소설이 돼 있다.

이것도 못 쓴다며 버렸던 기억이 문득 떠오른다.

닥치는 대로 써 재낀 소설이 성공할 때도 많다. "버리는 신이 있으면 거두는 신도 있다."

그러고 보면 인생은 어떻게 '버리느냐'에 따라 그 형태가 달라진다. 적어도 삶에서 '버린다'는 것은 큰 의미를 지닌다. 버린 '그것'이 없는 삶을 견디고 그에 적응해야 한다. 그래서 마지막 아포리즘은 이렇다.

인생의 상실감에서도 멋이 배어나는 법이다.

"하, 맥이 탁 풀리더라고요." 체면 씨가 말했다. "이틀 뒤에 가 봤더니 아까 말한 그 소파가 없는 겁니다. 쓰레기차에 실려 어디론가 간 모양이에요. 그때의 상실감이란 게 참 깊더라고요. 인간은 뭘 위해 사는 걸까, 소파 하나 살리지 못하면서."

"멋있는 소감이네요."

"상실감을 희석시키려면 이 방법밖에 없어요. 실례하겠습니다."

체면 씨는 팔을 뻗어 위스키병을 집어 들었다.

남과 살다

나는 원래 결혼은 하지 않아도 된다고 생각했다. 옛날도 아닌데 모두 결혼해야 한다는 사회적 분위기가 애초에 말이 안 된다고 생각했다. 그리고 그 규약에서 벗어난(혹은 어쩔 수 없이 소외된) 사람을 마치 인생에 결함이 있는 듯 깎아내리는 풍조에 반발심이 있었다. 내가 '있었다'라고 하는 이유는, 요즘은 그 폐습이 조금이나마 개선되었고 자의적으로 싱글을 지향하는 사람들이 시민으로서 권한을 얻고 있기 때문이다.

남자와 여자가 함께 살면, 서로에게 실로 여러 가지 감정을 강요하고는 한다.

그것도 동거일 때와 결혼일 때가 또 미묘하게 다르다. 요즘에는 같이 살면서 굳이 혼인신고를 하지 않는 사람들도 있다. 사람, 상황에 따라 제각각이다. 혼인신고를 하느냐 안 하느냐 문제는 일단 보류해 두고, 사실상 한 쌍의 부부로 살아가고 있는 커플에 관해서 이야기해 보겠다.

먼저 악부, 악처에 대해서 생각해 보자.

이때 가정폭력남이나 도박중독자, 불륜, 술주정뱅이는 열외다. 누가 봐도 '골칫거리' 남자는 제쳐 두겠다.

그렇다면 악행을 저지르지 않지만 존재만으로 아내에게 해가 되는 남편은 어떤 남편일까.

아내에게 부처님 마음을 불러일으키는 남자는 악부다.

마누라에게만 의지하는 남자. 이 사람, 나 없으면 어떻게 되는 거 아닐까. 외모도 그저 그렇고, 대단한 능력이 있는 것도 아니잖아. 머리도 아주 평범하다. 본인 스스로도 그걸 잘 알기에 툭하면 내 의견을 묻고 다른 사람한테 가서는 자신이 하는 말처럼 거들먹거리며 떠든다. 하지만 본인 스스로가 그것을 전혀 의식하지 못한다. 그 점이 참 귀엽다.

아차, 나도 모르게 귀엽다는 단어를 써 버렸잖아. 이 단어가 튀어나오면 안 되는데. 감당이 안 된단 말이야. 아아, 어쩔 수 없지.

그래, 내가 이 사람을 '돌봐 줘야지' 어쩌겠어. 이렇게 여자는 그런 남자를 '돌봐 줘야 한다'고 생각한다.

여자에게 부처님 마음은 금물이다. 상대방에게 안 좋다기보다 여자 자신에게 좋지 않다. 몸이 축나다 못해 결국 자멸의 길을 가게 되기 때문이다. 부처님 마음으로 최선을 다해 살다 보니 자신이 기대했던 삶은 모조리 허망한 꿈으로 사라져 버렸다. 하지만 문득 정신이 들었을 때는 생이 얼마 남지 않았다.

그렇게 힘들게 살았는데, 그에 대한 대가는 고작 임종을 앞둔 남자 곁에서 "여보, 고마워. 정말 고마웠어"라는 인사나 받는 것이다. 야심이 있는 여자라면 부처님 마음을 자아내는 남자에게 가까이 가지 마라. 훗날 뭔가 큰일을 하고자 하는 여자라면 '귀여운 남자'는 악부가 될 것이다.

그렇다면 남자가 본 악처란 어떤 여자일까.

악처란 '신조'를 가진 여자다.

예전에 나는 〈이 시대의 강한 자는〉이라는 글을 쓴 적이 있다. 내가 말한 강한 자는 바로 이것이다.

'주부·에이즈·바보'

주부는 강하다. 어머니는 더욱 강하다. 에이즈는 어떨까. 의학의 진보로 어느 정도 억제할 수 있을지도 모르지만 먹으면 효과를 보는 특효약은 아직 발견되지 않았다. 따라서 에이즈 역시 아직 강하다고 할 수 있다.

바보는 학력, 출신, 자산, 직업에 관계없이 어느 계층에나 있다. 바보란 자신의 현재 위치를 모르는 사람을 말한다. 가르치고 싶어 하고 편을 가르고 싶어 하며 비난, 추궁, 규탄하고 싶어 한다. 이런 무리는 속세에 자의적인 파장을 일으킬 뿐, 인간 세상의 발전과 유화에 전혀 기여하는 바가 없다. 그런 주제에 속세에서는 강자다. 그 이유는 '나는 틀린 말을 하지 않아'라는 '신조'가 있기 때문이다.

나는 신조나 신념을 갖는 건 괜찮다고 생각한다.(신념과 신조를 꼭 가져야 하는지에 대한 문제에 관해선 여기서 언급하지 않겠다.) 있으면 세상살이의 기준이 되고, 어쩌다 타인의 '신조'와 충돌하면 거기서 오는 재미도 느낄 수 있다.

그러나 본인의 '신조'는 타인에게 강요하는 게 아니다.

그런데 어떤 아내들은 그 '신조'를 남편에게 강요한다. 이런 경우의 '신조'는 '꼭'이나 '절대'라는 말로 바뀌어 사용된다.

"꼭 이렇게 해야 돼요, 여보."

"이건 절대로 하면 안 돼."

남편도 처음에는 잘 따른다. 바보라서 그렇다기보다는 뭐 틀린 말은 아니기 때문이다.

하지만 인생은 길다. 살다 보면 남편이 보는 사회, 아내가 보는 사회가 미묘하게 달라진다. 감촉이 다르면 결론도 달라지는 법이다. 세월이 지나면서 아내의 '신조'가 무조건 맞다고 단정할 수 없는 시기가 찾아온다. 견해가 어긋날 때, '그 말도 맞네'라는 반응이 신경 구조상 어떤 버튼을 눌러도 나오지 않는 아내도 있다.(그런 사람이 더 많다.)

자신의 '신조'와 상관없이 '미안하다'는 말을 절대로 못하는 아내도 있다. 이건 성격이라기보다 자라 온 환경의 문제 아닌가 생각한다. 어머니가 아버지한테 '미안하다'고 말하는 걸 본 적이 없는 것이다.

오랜 세월, 시간이 쌓이고 쌓이면서 남자는 자신이 아내 '신조'의 '피해자'라고 느끼기 시작한다. 그 속마음을 조금이나마 내비치면, 이것이 곧 입씨름의 방아쇠가 된다. 악처는 입씨름을 좋아한다. 남편의 피해망상을 없애겠다며 숨도 쉬지 않고 지껄인다.

여기서 세 번째 아포리즘.

부부싸움을 해서까지 '부부'로 살 필요는 없다고 생각하는 남자도 있다.

남자는 집에 돌아와서까지 입씨름을 하고 싶지 않다. 그러나 아내의 유일한 논적은 남편이기 때문에 논쟁을 걸고 싶어서 못 견딘다.

설득하고 싶어 하는 열정은 '신조'에서 온다. 다른 점이 보이면 잘못된 걸 바로잡아야 한다고 생각한다. 말하자면, '해야 한다'는 '신조' 그 자체다.

상황이 난감해진다.

이렇게까지 된 이상, 더는 방법이 없다.

남자가 끝내 알아차린다.

아내가 '해야 한다' 귀신, '신조' 귀신이었다는 걸 깨닫고 만다. 실은 꽤 오래전부터 알았을 것이다. 하지만 부러 모르는 척하면서 본인 자신에게 그렇게 믿으라고 타일러 온 것이다.

이제 어떻게 해야 할까.

지금부터 하는 말은 소설가의 상상이지만, (지금까지도 그랬지만) 나는 〈결혼은 외교〉라는 글에서 "가정이 원만하게 굴러가기 위해선 '보고도 못 본 척하는' 것만 한 게 없다"고 말했다. 이건 그저 요령일 뿐이지 '아포리즘' 범주에 들어갈 정도의 문장은 아니다. 홈드라마에도 홈드라마만의 기술이 있고, 각본가는 텔레비전 시청자를 위해 이런 기술을 많이 갖고 있을 테니 재미있는 드라마를 쓸 수 있는 것이리라.

그런데 아내가 '해야 한다' 귀신, '신조' 귀신이란 걸 깨달았을 때 남자는 어떻게 해야 할까.

소설가는 공상한다. 당신이 '해야 한다' 귀신이니까 헤어져야겠다는 건 이혼 사유가 되지 않는다. 너무 추상적이며 사회 시스템에 걸맞지 않는다. 또한 남자도 원래 그랬던 것을 이제 와서 부숴버리자니 귀찮다는 생각이 든다.

이 '귀찮다'는 게 모든 감정을 좌우하는 커다란 이념이다.

자, 그렇다면 부부관계에 대한 아포리즘으로 이런 건 어떨까.

부부 사이는 되도록 늦게 '정신'이 드는 편이 낫다.

문득 정신을 차리고 보면 '나 뭐 하고 있는 거지'라는 생각이 든다.

제정신이 드는 건 무서운 일이다. 모든 것을 명경대◆에 비춰 보면 '도대체 이게 뭐야'라는 생각이 든다.

소설가로서 충고하자면,

'제정신을 차리고서는 타인과 함께 살 수 없다.'

보고도 못 본 척하면 되는 정도가 아니다.

현실을 직시하지 않으면 되는 수준이 아닌 것이다. 도리어 바라는 이미지를 상상하고, 꿈꾸는 듯한 마음으로 사는 편이 낫다.

◆ 저승 입구에 있는 거울로 사람의 생전 행실을 그대로 비춰 준다.

'그럴 수 있는 능력이 있을 때의 이야기겠지만……'

그리고 어느 순간 '제정신이 들었다'면 얼마 있다가 다시 잊어버리는 게 낫다. 예를 들면 수영하다가 쥐가 난 경우처럼 말이다. 일시적으로 나타나는 (정신적인) 근육 경련이라고 생각하면 된다.

이번 아포리즘은 꽤 독단적이었기 때문에 아무에게도 이야기하지 않았다. 늘 오는 친구들에게 말해 봤자 한바탕 소란스러워질 게 빤하기 때문이다.

"저는 언제나 제정신이라고요. 딱히 새롭지도 않네요"라며 체면 씨는 반박할 것이고,

"자신이 악처라는 걸 아는 확신범이라면 사실 악처가 아닐 거예요"라며 피프티 짱은 동성을 옹호할지도 모른다.

그래서 마지막 아포리즘은

악처라는 걸 자인한 사람이 가장 못된 악처다.
수많은 악덕도 모자라 협박이라는 못된 버릇까지 있으니 말이다.

어른의 정도

결혼한 사람이라면 누구나 부부로 살게 된 이상 이왕이면 금실 좋고 행복하게 살고 싶다고 생각할 것이다. 싸우려고 부부가 된 건 아닐 테니까.

그렇다면 부부의 행복이란 무엇일까.

우선 이 '행복'이라는 단어부터 곱씹어 볼 필요가 있다. 본디 옛 날부터 있었던 단어가 아니라서 그런지, 이 말은 옛날부터 존재했 던 '부부'와 어울리지 않는다.

행복이라는 단어가 미덥지 못한 건 토속적인 오사카 사투리 중 그에 상응하는 단어가 없다는 것만 봐도 알 수 있다. 옛날(정확히 말해서 1966년), 가야마 유조가 부른 〈너와 영원히〉(작사 이와타니

도키코)라는 노래에 들어 있는 가사 중 다음과 같은 부분이 있다.

행복하구나
나는 너랑 있을 때 가장 행복해
죽을 때까지 널 떠나지 않을 거야
그래도 되겠지

그 당시 오사카 사람들은 노래를 떠나서 이 가사 자체에 저항감이 있었다. 어느 가게를 가도 취객 대부분이 가사를 건너뛰거나 멋대로 가사를 바꿔 불렀다. 어떻게 불렀는가 하면 '기분이 참 좋구나'라고 했다.

행복이라는 말은 입말이 아니다. 글을 쓸 때 사용하는 말이기 때문에 일상생활이나 술자리에서 사용하기엔 어색하다고 판단한 듯하다.

행복과 의미가 비슷한 말로는 '기분이 좋다' '상황이 잘 굴러간다' '잘되고 있다'를 들 수 있을 것이다. 오사카 말은 보통 그 대상을 애매모호하게 표현하는 경향이 있다.('없어졌다'고 하면 될 것을 '없게 되었다'고 한다) 그러고 보면 '기분이 좋다' '상황이 잘 굴러간다' '잘되다'도 명확한 설명이라고 하기 힘들다.

뭐라고 확실히 말할 수는 없지만, 천지만물이 완만하고 원활하게 본연의 모습 그대로 잘 굴러가는 것 같다. 그래서 충족과 만족을 느낀다는 의미로 '기분이 참 좋구나'라고 말하게 되는 것이리라. 오사카 사람에게 부르는 김에 계속 불러 보라고 하면 분명 이런 가사가 될 것이다.

'나는 너랑 있을 때가 가장 기분이 좋아. 저세상 가 버려도 너를 떠나지 않을 거야. 그래도 상관없지.'

그렇다면 부부가 '저세상 갈 때(죽을 때)'까지 기분 좋게, 혹은 순조롭게 잘 지내려면 어떻게 해야 할까. 내가 발견한 아포리즘은

사이좋은 부부의 특징은 둘 다 '말 붙이기 쉬운' 성격이라
는 것이다.

인간은 두 종류가 있다. 하나는 다가가기 어려운 사람, 또 다른 하나는 다가가기 쉬운 사람. 이 '다가가기 쉽다'는 말은 사실 일상 생활에서 잘 쓰지 않는 말이다. 오히려

"누구누구 씨는 다가가기 어려운 사람이라서⋯⋯."

라는 식으로 뒤에서 불평할 때 자주 쓰는 부정적인 용법이다. 아무튼 밖에서는 다가가기 어려운 사람이라고 해도 부부끼리 다 가가기 쉬우면 그만 아니겠는가. 그러나 부부여도 말 붙이기 어려운 성격을 가진 남자와 여자가 있다. 사회적 역사로 봤을 때, 그런

경우는 남자가 더 많다. 그리고 사람들은 암묵적으로 남자가 꽁해 있어도 여자가 애교를 부리고 상황에 맞게 잘 구슬리면서 남자의 마음을 풀어 줄 줄 알아야 한다, 기분 상한 남자를 기분 좋게 만들 줄 알아야 한다고 생각하며 여자에게 그러기를 강요한다.

여기서 남녀평등이라는 딱딱한 말을 쓰고 싶지 않지만, 그래도 여자에게만 그런 역할을 강요하는 건 불공평하다.

지금까지의 역사로 미루어 봐도 일본 남자는 결코 무뚝뚝하지 않다. 에도시대 소설을 보면 서민 남자들이 그들 아내에게 얼마나 말을 잘 거는지 모른다. 메이지시대 사무라이 스타일이 남자 좋은 쪽으로 왜곡돼서 일본 가정의 의사소통을 망쳐 버렸다. 요즘에는 남자와 여자 모두 '말 붙이기 쉬운' 성격이어야 한다. 말 붙이기 쉬운 성격은 오히려 각자의 재능으로 봐야 한다. 달변은 아니지만 온화한 성품과 안온한 분위기가 늘 몸에 배어 있어서 말을 걸고 싶어지는 남자와 여자.

큰일이든 작은 일이든(인생에서는 작은 일이 훨씬 소중하다) 뭐든 지 "저기, 여보" 혹은 "저기, 당신" 하고 털어놓고 싶어지는 남자 혹은 여자가 평생 함께할 동반자가 된다고 생각해 보라. 인생이 얼마나 화목하고 마음 편하고 수월할까.

말 붙이기 쉬운 사람이 되려면 어떻게 해야 하냐고 무슨 수업을 들어야 하냐고 묻는 사람이 있을지도 모른다.(뭐든지 물어보려 하고 뭐든지 의논하려 하며, 그에 대한 즉답을 원하고 심지어 사물의 즉효성을 기대하는 것이 현대인의 습관이다. 되도록 스스로 생각하려는 행위를 애초에 거들떠보지 않는다.)

타고나기를 그렇게 온순하고 상냥하게 타고난 사람도 있지만, 스스로 자각해서 그렇게 되려고 노력하는 사람도 있다.

그런 사람을 관찰하며 느낀 '잘 굴러가는 부부'에게는 인생 비결이 있다. 그걸 아포리즘으로 풀면

> 살다 보면 '그럭저럭' 마무리해야 할 때가 있다. 이 '그럭저럭' 정도가 일치하는 부부가 사이좋은 부부다.

'그럭저럭'이란 말은 안 좋은 의미로 쓰이는 경우가 많다. 어떤 문제를 엄격하게 처리하지 않고 적당한 대책을 들고 와서 안이하게 타협하고 고집도 부리며 경우에 따라서는 흑을 백이라고 상대를 구워삶아 마음속으로 유야무야 넘긴다는 이미지가 있다. 악덕 정치가나 이권만 채우려는 사람을 가리킬 때 쓰는 말 같지만, 남편과 아내라는 인생 파트너 사이에 놓고 볼 때, '그럭저럭'은 하나의 현명한 규준이 될 때가 많다.

상대방이 무슨 잘못을 했을 때, 끝까지 물고 늘어져 찍소리도 못할 때까지 몰아붙이는 사람도 있다.(나는 그런 잘못을 한 적은 없

다. 지금까지도 없었고 앞으로도 그럴 거라고 확신한다.)

이런 사람이 인생의 반려자라면 도저히 함께 살기 힘들다. 완벽주의자는 성급하고 편협한 법이다. 흑과 백, 승과 패가 확실한 걸 좋아한다.

그러나 인생은 수학 시험이 아니다. 명쾌한 결론을 내릴 수 없는 경우도 많고 어쩌다 보니 이렇게 되는…… 경우도 많다. 살다 보니 이런 경우도 있는 것이다.

"아아, 애초에 이럴 생각이 아니었는데, 어쩌다 보니, 정신을 차려 보니까 이렇게 돼 버렸네요……."

애초에 결과를 예측했더라면 여기까지 오지 않았을 텐데, 라며 후회 혹은 반성을 하는 경우도 가끔 있을 것이다.

그러는 상대방에게 한편으로는 실망도 했지만 위로하면서

"뭐, 이미 벌어진 일이잖아. 어쩔 수 없지."

라고 생각해 준다면 사건은 순조롭게 일단락될 것이다. '어쩔 수 없다'는 발상은 상상력에서 나온다. 그리고 상상력은 사랑과 예지에서 나오는 경우가 많다.

머릿속에 체면이나 자존심, 허세, 오만함 등이 가득 담겨 있으면, 상상력이 생길 틈이 안 생긴다. 머리가 스펀지 모양이라면 어떨지 모르겠지만, 나는 사람의 머리는 마카로니 모양이 좋다고 생각한다. 한가운데가 뻥 뚫려서 그때그때 상황에 알맞은 사랑과 예지로 채울 수 있고, 그렇게 채워진 사랑과 예지로 인해 상상력이 생겨난다. 그 상상력으로 무얼 할까.

잘못을 사려 깊게 생각한다.(또 이런 유형의 성격은 상상력이 풍부하고, 이리저리 상상하는 것도 좋아한다.) 상황을 이리저리 생각하고, 마치 자기 손바닥을 들여다보듯 명확하게 파악한다.

그리고 결국 그 사람의 잘못이 곧 그 사람의 죄라고 생각하는 게 아니라, 그 사람도 죄의 희생양이라 여기게 된다. 때문에 결론이 "어쩔 수 없잖아"인 것이다.

따끔하게 호통치지 않으면 성에 차지 않는다는 사람은 그렇게 타고났으니 도리가 없겠지만, 인생이 재미있는 건 어느 한순간 우연히 전환점이 찾아오기 때문이다.

그건 타인이 무심결에 건넨 한마디일 수도 있고 책을 읽다가 발견한 한 줄의 문장일 수도 있다.

세상 사람들은 아무 생각 없이 "나는 그런 성격 아니야"라든가 "나답지 않게 이렇게 됐네"라고 말하지만, 어느 날 문득 '나다운 게 뭐지'라는 생각이 들 때도 있다.(적어도 나는 그러기를 좋아한다.)

그리고 '나다운 성격'이 상대방의 실수를 용서하지 못하게 만들고, 상대방이 실수를 저지르면 그것이 '그 사람다운 것'이라고 생각한다. 그럼 자연히 '뭐 어쩔 수 없지'라고 생각하게 되지 않을까.

그것이 바로 '그럭저럭'이다.

예전에 나는 "인생은 설렁설렁 사는 것"이라는 문장을 쓴 적이 있다. 하지만 이것은 꽤 인생적 완력이 요구되는 행위다. 말하자면 이는 노년 인생의 마음가짐이다. 중년, 초로가 되면 '그럭저럭' 어울리는 것이 바람직하다. 이 세상의 구조상 이로정연하게 마무리 짓는 것 또한 필요하지만, 부부라는 가장 어려운 '세계'에서는 그럭저럭의 정도가 중요하다.

그럭저럭이란 곧 '어른의 정도'다.

이런 말을 하는 나 또한 '어른의 정도'가 극히 낮다는 사실을 잘 알고 있다. 진정한 어른이라면 머릿속으로 그런 말을 떠올리지 않을 것이다. 그저 하고 싶은 걸 하고, 하고 싶은 말을 하며, 자연의 순리에 따라 동반자가 말 붙이기 쉬운 사람이 되고, 동반자의 잘못도 그럭저럭 넘기면서 무슨 일이 생기더라도 '뭐 어쩔 수 없지'라는 말로 넘어갈 것이다. 그리고 세상 사람 아무도 알아주지 않더라도 더할 나위 없이 '사이좋은' 부부로 지상의 삶을 유쾌하게 즐기다가 생을 다하면 극락정토에 이를 것이다.

속마음

나는 요즘 가끔 강연을 하고 있다. 그 이유는 좀 더 많은 사람이, 그러니까 일본인이 일본의 고전을 알고 사랑했으면 하는 마음 때문이다. 일본인은 왜 이렇게 고전과 멀어졌을까. 종전 이후 역사 교육이나 국어 교육의 책임도 있다고 생각한다. 하지만 지금도 늦지 않았다. 나는 젊은 사람들이나 아이들이 고전 지식을 배우길 바란다. 재미있어 했으면 좋겠다.

그런 마음에 나는 어린이를 대상으로(정확히 말해서 출판사는 초등 고학년부터 중학생을 대상으로 했지만, 초등 저학년도 책을 읽는 아이들은 읽을 것이고, 고등학생은 당연히 이해하기 쉬울 것이다)《다나베 세이코가 읽어 주는 '백인일수'》◆를 썼다. 내 지론은《백인일

수》를 초등교육 필수과목으로 지정해 초등학교를 졸업할 무렵에는 아이들 모두가 다 외우고 있었으면 좋겠다는 것이다. 중학교를 졸업할 무렵에는 시의 의미를 이해하고, 고등학교를 졸업할 때는 지은이의 인생이나 대략적인 경력을 알고 있었으면 좋겠다. 거기에 에도 문학사까지 더하면 일본이라는 나라의 문화가 꽤 몸에 밸 것이다. 요즘 젊은이의 체내 수분에는 일본이라는 나라의 엑기스가 얼마나 될까.

내가 이런 말을 하는 건 최근 젊은 아이들, 아니 꽤 연배가 있는 사람들과 교류해 봐도 어딘가 맞지 않는 부분이 있는 것 같아서다. 일본 고사故事의 내력에 관한 지식이 공유돼 있지 않아서 대화를 해도 잘 맞물리지 않는다. 아는 것이라고는 컴퓨터나 메일 등 기계에 관한 것뿐이다. 일본 역사에 관해서는 흥미도 없거니와 지식도 전혀 없다. 서로 통하는 것은 사용하는 언어인 일본어뿐이다. 의사소통이나 겨우 하는 정도…… 라는 느낌이 들어서 마치 오래 외국에서 살아온 이방인이 된 기분이다. "여기서 오래 살다 보니 일본어는 유창해졌어. 그런데 속속들이 다 알지는 못해. 아무리 애써도 이 나라에서 나는 '외국에서 온 사람'이니까……"라는 말을

◆ 다나베 세이코는 소설 집필 외에도 고전문학을 현대어로 옮기는 작업도 열의를 가지고 했다. 이 책은 다나베 세이코가 일본의 고전 시집 《백인일수(百人一首)》를 지금의 독자들이 알기 쉽게 풀어 엮은 것이다.

해야 할 것 같다.

우리 세대라면 대부분 이런 느낌을 받을 것이다. 이 왠지 모를 쓸쓸함과 불만스러움은 뭘까. 이때 문득 떠오른 단어가 있다. 바로 '속마음'이라는 단어다.

그렇다. '속마음'을 알 수 없는 일본인이 늘고 있다. 같은 민족끼리 속마음을 모르다니 큰일이다.

한편 나는 되도록 '일본의 고전'만 강연하려고 하는데, 요즘 사람들이 바라는 것은 '여성이 힘이 나는 강연'이나 '미래 여성의 마음가짐' 같은 주제다. 내 전공이 아니기 때문에 거절하고 있지만, 이렇게 즉효성이 있는 강연을 원하는 풍조가 일본 전체에 퍼져 있는 것도 '속마음'과 관련이 있다. 지금 서점에 나돌고 있을 내 책을 조금이나마 읽고 '속마음'을 알아주셨다면, '미래 여성의 마음가짐'이나 '여성이 힘이 나는 이야기' 같은 강연을 요청하지는 않을 것이다. 내가 그렇게 현실적이고 건설적이고 능률적이며 매사 분발하는 인간이 아니라는 건 내 책을 슬쩍만 봐도 바로 아실 것이다.

'속마음'을 몰라주시면 결국 이렇게 된다.

그건 그렇고, 부부라는 관계를 다른 말로 설명하자면

부부는 속마음을 훤히 아는 관계다.

'속마음'은 아주 중요하면서도 희한한 것이다. 관계가 얕은 사이인데도 '속마음'을 훤히 알 수도 있고, 오래 알고 지내면서도 그럭저럭할 때도 있다.

그렇다면 '속마음'을 훤히 안다는 건 어떤 경우를 말하는 걸까. 아마도 그건 상대방이 쏜 화살이 내 이해 범위 안으로 들어오는 것이리라. 그렇게 되면 본인은

'역시 그렇게 말할 줄 알았어.'

라고 생각하며 안심한다. 하지만 그로 인해 상대를 낮게 보지 않는다. 오히려 더 친밀해진다.

"아니, 그건 이러이러한 것 아닐까? 그러니까 이렇게 하는 게 나을 것 같아."

라며 뜻밖의 조언을 받아도 '어머, 그 생각은 못했네'라고 생각한다. 상대방이 쏜 '뜻밖의 화살'이 자신의 허용 범위 안으로 날아들어 왔는데 심지어 자신이 의식적으로 바랐던 것, 자신이 하고자 했던 말이었다면 애초에 자신의 생각과 일치했다는 뜻이니 더욱 상대방을 좋아하게 된다.

그런 일이 거듭되고 거기에 세월이 덧붙어 인생이 되고 부부의 역사가 되면 '속마음을 훤히 아는 남편과 아내'가 될 것이다.

그야말로 축복받은 부부라고 할 수 있다. 그리고 살면서 시간을 들이면 어느 정도는 그런 부부가 될 수 있다. 서로가 양보하며

모난 곳은 평평하게 만들고 들어간 곳은 메운 뒤 테이프나 본드로 붙여 그 위에 페인트를 칠한다. 그렇게 하면서 그럭저럭 넘기며 살다 보면 그 부분이 어느덧 자연스러워지고 처음부터 그랬던 것처럼 동화된다. 어른의 꾀를 써서 백을 흑이라고 구워삶을 때도 있다.

속마음이란 서로 지혜롭게 타협한 성과다.

타협할 수 없다는 건 상대방이 쏜 화살이 자신의 허용 범위를 넘었기 때문이다.

'설마 오겠어' 싶은 곳으로 화살이 날아 들어온다.

'그렇게 들어온단 말이지, 젠장'이란 생각이 든다.

감당이 되지 않는다.

친선정의親善情誼, 합환화합合歡和合의 상징이어야 할 화살이 허용 범위를 이탈했다는 것만으로 확집確執의 씨앗이 된다.

'아, 이런 식으로 나오다니. 정말 뜻밖이야…….'

더는 관심과 흥미가 생기지 않는다.(관심과 흥미를 모을 수 있는 사람이라면, 전자처럼 그 의아함 때문에 오히려 상대방에게 관심과 흥미를 가질 것이다.)

허용 범위를 넘어선 대응을 허락하지 못하는 사람도 있다. 그건 남녀 모두에게 있다. 그런 개중에는 '아, 이런 사람이구나……'라는 걸 예리하게 파악하고, 어떤 곳으로 화살이 날아들어도 괜찮게끔 마음을 무장하는 사람도 있다. 이것 역시 남녀 모두에게 있다.

그런 사람의 배우자는 상대가 일부러 져 준 거라는 사실도 모르고 자신이 원하는 대로 상대방을 휘두른다. 상대방이 뭐든 받아 줄 거라고 생각해서 '이로써 우리도 속마음을 훤히 아는 부부가 됐어'라고 안심하고 만족한다.

그러나 그건 상대방이 참고 있기 때문이다.

그런데 그 인내가 별것 아닌 순간에 뚝 하고 꺾이는 때가 온다. 어떤 사람은 '속마음을 훤히 안다고 생각했는데 태도가 갑자기 바뀌었어!'라며 상대방을 매우 비난하는데, 그건 '속마음'에 관한 인식이 부족한 만큼 어리석었던 것이다.

'속마음'이라고 간단히 말해서는 안 된다. '속마음'을 알기 위해서는 상당한 삶의 지혜가 필요하다. 인간의 모든 감각과 감성을 총동원해서 감지해야만 한다.

둔한 사람은 센서가 작동하지 않기 때문에 말도 안 되는 방향으로 화살을 쏘고, 결국 맞은 사람이 낭패를 본다.

'어, 어, 어…… 어디로 쏜 거야.'

혼란스러운 와중에도 사태를 어떻게든 수습하려고 마음고생한다. 배우자는 '어휴, 또야?' 하며 다시 조정하려고 애쓴다. 그러다가 수복 불가능한 낭떠러지까지 왔을 때 '이혼하자'는 말이 나오고, 나머지 한쪽은 '속마음을 훤히 아는, 꽤 괜찮은 부부라고 생각했는데'라며 충격을 받는 것이다.

'속마음'이라는 말의 한없이 허물없고 일상다반적인, 불면 날아갈 듯한 가벼움에 속아 넘어가서는 안 된다.

인간 사회에서 '속마음'을 알고 알지 못하고는 중요하다. 특히 부부에게는 매우 소중하다.

반면 '속마음'을 아는 건 그것 나름의 무거움도 있다. 서로의 속마음을 훤히 아는 부부가 되어 보면 속마음을 모르는 부부처럼 고집을 부리거나 허물없이 대하기가 다소 조심스러워진다.

인내까지는 안 하더라도 본질로 들어갔을 때 상대가 겪을 혼란이나 실망에 대해 상상할 수 있게 된다.

여기서 '있게 된다'는 말에 중요한 포인트가 있다.

사람은 하느님이나 부처님이 아니라서 에고와 욕망 모두 가지고 있다. 그러나 사람에게 하느님이나 부처님과 닮은 점이 조금이나마 있다면, 그건 상대방을 사랑하고 상대방의 속마음을 알고 있을 때 '자신의 에고나 욕망을 도로 집어넣을 수 있다'는 것이다.

그건 상대방에 대한 상상력이기도 하다. 사랑하는 사람, 내 속마음을 아는 사람을 대할 때, 인간에게는 상상력이 생겨난다.

그렇게 봤을 때, 이런 아포리즘은 어떨까.

속마음을 들킨다는 건 슬픈 일이다. 상대방에게 많은 걸
바라서는 안 된다는 걸 깨닫게 되기 때문이다.

그렇구나

지금까지 부부라는 관계를 너무 소극적이고 보수적이며 비관적으로 바라본 것 같아서, 이번에는 반대로 진취적이고 낙관적이고 건설적으로, 나아가 세상에 유용한 면이 있는지에 관해서도 생각해 보려고 한다.

인간과 이 세상에 도움이 될 만한 생각을 해 보자. 인생을 비딱한 눈으로 보고 깎아내리기만 하는 건, 어른이 가져야 할 태도가 아니니까 말이다.

내가 여기서 말하고 싶은 건 사실 우리끼리니까 하는 이야기지만, 나는 세상 물정을 잘 모르는 사람이다. 아직 어른이 아니다. 이런 내가 세상에 도움이 되는 생각을 할 수 있을까.

나는 본래 '흘러가는 대로 사는 인생'이었다. 살면서 '이렇게 한 번 해 볼까' 싶어서 소매를 걷어붙이고 손에 침을 퉤 뱉으며 투지를 불태운 적이 한 번도 없었다. 꼭 어딘가 나사가 좀 풀어져 있다.

왜 그런지 모르겠지만 어쩌다 보니 그렇게 됐다. 그런 인생을 살아온 내가 건설적이고 유용한 잠언을 떠올릴 수 있을까.

"아, 부부는 모두 '흘러가는 대로 사는 인생'이잖아요. '등 떠밀어서 사는 인생'이랄까요"라고 체면 씨가 말한다. "그건 그것대로 괜찮지 않습니까. 부부가 건설적이면 뭐 합니까."

"어머나. 부부는 가정을 건설하는 사람들이잖아"라고 피프티 짱이 말한다.

"아니, 건설하는 사람은 마누라지. 남자는 주식회사 '가정'의 계장급 정도 될까 말까야. 말단이나 마찬가지라고"라고 체면 씨는 숙연하게 말한다. "내 말은, 남자는 어디를 가도 쓸모가 없어. 사장도 주주도 못 된다고."

"뭐, 그건 그렇다 치고"라고 내가 말한다.

"부부라는 관계가 인생을 유익하게 만든다면, 그 요소가 무엇인고 하니……."

"저요!" 체면 씨가 내가 하는 말을 뚝 자르고 성급하게 손을 든다.

"인내忍耐의 참을 '인'이라는 글자 아닐까요. 부부로 살면 '인내'를 배울 수 있어요. 뭐 직장에서도 '인'이라는 한 글자로 버티기는 하지만, 그래도 '가정'의 인내 지수가 더 높아요. 참을 '인'을 가슴에 새기는 게 가정생활이죠. 괴롭고 슬픈 수행이지만 그 대신 인간이 될 수 있어요. 이 정도면 건설적이지 않나요?"

그게 자랑할 일인가. 대체 체면 씨 당신네 집은 어떻게 굴러가고 있는 거야. 독재국가 정치범 수용소도 아니고.

"참을 '인'을 공부해서 뭐 해. 인간이 되고 안 되고가 뭐가 중요하냐고. 결혼은 인간이 되려고 하는 게 아니잖아. 행복하려고, 인생을 즐기려고 하는 거 아니야?"

피프티 짱은 나이는 먹을지언정 결혼의 꿈은 깨지지 않나 보다.

"그러게. 참을 '인'을 배우는 거야 좋지만, 사실 그런 투박한 신조 같은 게 필요할까……."

신념 없는 나는 늘 그렇듯 말끝을 흐린다.

"어떤 사람한테 인간이 됐고, 인간이 되지 않았다고 하는지 잘 모르겠지만, 부부가 좋은 이유는 어느 한쪽이 이렇게 하자고 했을 때 바로 찬성할 수 있다는 점……."

"그러니까 그런 때 상대방은 참을 '인'을 새긴다니까요!"라는 체면 씨의 말과 "찬성할 수 없을 때는 어떻게 해요!"라는 피프티 짱의 말이 거의 동시에 터져 나왔다. 심지어 피프티 짱은 너무 흥분한 나머지 잔에 담긴 브랜디를 쏟았다. 비싼 술이니 막 다루지 말라고 그렇게 말했는데도, 참.

"속으로 참을 '인'을 새긴다는 건 절대 포기 못하는 무언가가 있다는 얘기겠죠?"라고 내가 물었다.

"당연하죠. 그걸 속으로 삭이면서……."

"그런 건 그냥 내버려 두면 되잖아요."

신념 없는 나는 무책임한 말을 아무렇지 않게 지껄인다.

"어느 한쪽으로 간다고 인생이 대단히 달라지는 것도 아니고……. 한 사람이 이렇게 하자고 말하면 그래그래 그렇게 하자, 또 저렇게 하자고 말하면 그래그래 그렇게 하자, 이럴 수 있는 게 부부밖에 더 있어요? 얼마나 재미있어요."

"말도 안 되는 소리. 재밌다로 끝나지 않는 문제도 있다고요."

"하지만 결국 당신도 아내가 하자는 대로 따라가잖아."

"그러니까 속으로 삭이면서 참을 '인'이라는 글자를……."

"결과가 어차피 똑같을 거라면, 처음부터 찬성하는 게 번거롭지 않고 좋을 것 같은데."

"아니요. 오늘 점심으로 우동 먹을까 소바 먹을까 같은 걸로 입씨름하는 거라면 몰라도, 아이 진학 문제나 대출 끼고 집을 사느냐 같은 걸로 이야기하기 시작하면……."

"그래도 결국 부인이 하자는 대로 된다는 건, 그분 주장이 조리 있다는 것 아닌가요?"

"끄응" 하고 체면 씨는 앓는 소리를 낸다. "마누라가 억지로 우기는 걸 어떡해요."

대화를 듣고 있던 피프티 짱은 이해할 수 없다는 듯 말한다.

"왜 둘 다 납득할 때까지 대화를 안 해? 찬성할 수 없으면 없다고 확실히 말하고, 절충할 여지가 있는 건 어떤 점인지, 도저히 양보할 수 없는 건 어떤 점인지 확실히 따져 보면서……."

"영업 일이라면 모를까, 마누라 상대로는 애초에 운도 떼지 못할걸."

하며 체면 씨는 몸서리를 친다.

"그러니까 둘 중 한 사람이 제안을 하면 다른 한쪽이 반드시 그래그래 해야 된다고요. 그럼 술술, 시원시원하게 해결될 거 아냐……."

라고 내가 말했다.

"도저히 그 말이 안 나오면 어떻게 해요? 도저히 포기 못하는 한 가지가 있다면."

피프티 짱은 아까부터 한 가지에 집착한다.

"그러면 그때는 연기력이지. '부부는 연기력'이라는 말도 있잖아."

"부부한테 연기력이 필요하다고? 그건 가짜잖아. 거짓 부부잖아요."

피프티 짱은 울컥하더니 경악을 금치 못하며 말한다.

"뭐야, 그러다가 조만간 연기자가 직업이 되겠어요."

"그 전에 연기력이 바닥나겠지."

"그럼 헤어지면 되잖아. 옛말에 '붙어 있는 것은 언젠가 떨어진다'는 훌륭한 말도 있잖아. 그건 그렇고, 그러다가 도저히 포기하지 못했던 한 가지를 결국 포기해 버리면⋯⋯."

"포기하면 어떻게 되나요?"

"어깨에 힘줄 필요 없어지니 편해지겠지."

"그래도 응어리가 남을 겁니다. '참을 인'의 응어리가⋯⋯."

라고 체면 씨가 말했다. 자기 나름대로 '인'이라는 글자에 고집이 있는 모양이다.

"어깨에 힘 뺄 날이 빨리 오면 좋을 텐데."

하며 나는 진심으로 안타까워한다.

"점심으로 우동 먹을까 소바 먹을까 하는 문제는 자기 취향이기 때문에 오히려 큰 문제지. 그래도 이건 체면 씨 말마따나 상대방과 따로따로 시켜서 먹으면 되지만, 그 외 다른 문제는 사실 양쪽 모두에게 그리 큰 문제가 아니에요. 그렇게 어깨에 힘주고 있으니까 그만큼 세상이 손해를 보는 거예요."

"세상이 왜 손해를 보나요?"

라고 피프티 짱이 물었다.

"음, 부부 금실이 좋고 참을 '인'이란 글자도 필요 없고, 마음에 맺힌 것도 없고 모든 일이 술술 풀리고 어깨에 힘줄 필요도 없어서 싱글벙글 웃으며 지내 봐요. 주위 사람들도 저절로 어깨에 힘을 빼겠죠. 그러다 보면 그런 기운이 널리 퍼질 거고요. 다른 부부한테도 전염되고, 그러다가 결국 오사카 사람 전체가 어깨에 힘을 빼고 싱글벙글 웃으며 지내게 되겠죠. 무슨 의견이 생기면 '그것 좋지' 하며 다 함께 찬성하고……."

"하지만 본인 스스로가 찬성인지 반대인지 잘 모르는 사람도 있잖아요."

피프티 짱은 사소한 부분에 집착한다.

"그런 사람은 어떻게 해요?"

"그런 사람은 그냥 모르겠다고 하면 돼요."

"요즘 세상은 솔직하면 할수록 무시당한다고요."

"아니죠. 한결같이 정직하다며 존경받겠죠. 아무튼 어깨에 힘을 빼고 싱글벙글 지내는 것이 나라의 방침이 되고, 그러다 보면 곧 전 세계의 방침이 될 테고……."

"오늘은 술이 안 받나 봐요."

라며 체면 씨는 자포자기한 사람처럼 말한다.

"그러니까 좋은 부부관계는 세상에 이바지하고 건설적이며 유용한 관계다…… 라는 말이 되나요."

"절대 그렇지 않습니다. 제가 말한 참을 '인'이 부부관계와 이 세상에 훨씬 도움이 된다고요."

"하지만 당신이 꾹 참고 아무 말 하지 않는 것에도 장점이 있어요. 나는 부부가 서로 말없이 지낼 수 있다는 건 장점이라고 생각하거든요. 침묵의 책임을 질 필요 없는 편안한 관계라는 의미니까요."

"그렇게 복잡할 것도 없어요. 하루 종일 밖에서 일하면서 쉴 새없이 떠들어 댔는데, 집에 와서까지 말하고 싶겠습니까. 마누라가무슨 말을 하든 그저 '그렇군'이라고 대꾸할 뿐이에요. 그것도 신문 보면서 거의 건성으로 말이죠."

"아! 바로 그거예요!"

그 순간 나는 첫 번째 아포리즘이 떠올랐다.

> 부부가 원만하게 지내고 나아가 세상을 융화시킬 수 있는
> 궁극의 말은, 바로 '그렇구나'다. 남편과 아내 누가 쓰든
> 상관없다. 이로 인해 세상이 잘 굴러갈 것이다.

하는 김에 한마디 더 하자면, 조화롭고 안정적인 세계를 암시하는 말 '그렇구나'의 반대말은 앞서서 언급한 파국과 이별의 언어 '그럼'이다.

나는 몹시 만족스러웠지만, 체면 씨와 피프티 짱은 반발했다.

"말도 안 됩니다. '그렇구나'로 될 것 같으면, 이 세상 사람 아무도 고생 안 하죠."

체면 씨는 속에서 불이 나는지 내 소중하고 비싼 브랜디를 꿀꺽꿀꺽 마셨다. 이럴 때만큼은 '그렇구나'란 말이 나오지 않는다.

프 로 인 간

나는 내년 봄이 되면 (반올림해서) 여든이다. 그래서 인간에게 '여든'이란 무엇인가 생각해 봤다.

내 이야기를 하려는 게 아니다. 인간으로서 '바람직한' 여든이란 무엇인가에 대해 이야기하려고 한다.

'프로 인간'이 되었구나 느낄 즈음 되면 여든은 돼 있을 것이다.

군이 프로 인간이 돼야 하는 건지는 잘 모르겠지만, 나는 어떤 분야든 상관없이 프로페셔널한 사람에게 경의를 품고 있다. 프로 인간이 될 수만 있다면 삶이 조금 더 수월해지지 않을까.

그렇다면 프로 인간이란 어떤 사람일까?

외모로 파악할 수는 없다. 프로 인간은 '하느님'과 비슷한 존재가 아닐까 생각하는 사람도 있겠지만, 아무리 그래도 '하느님'과 단연코 다르다. 나는 이제껏 '인간은 하느님이 초대한 손님'이라는 말을 자주 했다. 지금도 역시 그렇게 생각한다. 예전에 어떤 책에서 서양의 선현도 그런 말을 했다는 걸 봤다. 사람은 비슷한 생각을 하기 마련이다. 인간은 이 세상에 온 손님이니까 내키는 대로 살 수만은 없다. 남의 집에 들어가서 "저거 주세요" "이것 좀 쓸게요"라고 말할 수 없는 것과 마찬가지다.

이런 갑갑한 현실을 어쨌거나 수월하게, 할 수 있는 범위 안에서 즐겁게, 금속피로도 일으키지 않고 그럭저럭 굴뚝에 불을 피우며 살고 있다면 그런 사람이야말로 '프로 인간'일 것이다.(그런데 이 세상에는 의외로 프로가 많을지 모른다. 게다가 아주 평범한 얼굴로 살고 계시는 듯하다. 그러나 프로라는 걸 과시하지 않으니까 프로라고 할 수도 없다.)

다만, 그런 경지에 오른다면 아마도 여든에 가까운 나이가 아닐까, 라는 게 내 생각이다. 아쉽지만 나는 절대로 그곳에 도달할 수 없다. 여든을 목전에 두고 있는데도 말이다.

그래서 하다못해 '프로 인간'의 조건이 무엇인지 생각해 보려는 것이다.

(프로 인간 가라사대) 굳이 나이를 반올림하지 마라.

뭐 지당하신 말씀이다. 사사오입四捨五入 말고 사사오사四捨五捨
하면 된다. 나이가 어린 사람이라고 해도 나이 먹는 방식에는 개
인차가 있다.

되도록 화내지 마라. 화를 내면 인생의 저금이 줄어든다.

이제까지 살아온 과거를 되돌아보며 화를 낸다는 것은 대단
한 에너지가 필요한 일이다. 게다가 지혜 혹은 돈까지 필요할 때
도 있다. 화를 낸 뒤에 누군가 뒤처리를 떠맡아 준다면야 좋겠지
만……. 자리를 박차고 일어나는 건 속 시원한 일이다. 살면서 한
두 번쯤 상상해 보면 신이 나지만 뒷수습은 어떻게 하나.
　이 세상에는 '쓰러뜨리는 사람'과 '원래대로 돌려놓는 사람'이
필요하다. 아무도 돌려놓지 않을 거라면 애초에 쓰러뜨리지 않는
편이 에너지도 소모하지 않고 더 낫다.
　하지만 결국 문제는 화를 내는 에너지와 참는 에너지 중 어느
쪽이 더 크냐는 것이다. 이럴 때 프로 인간은 뭐라고 하실까.

밤길에는 날이 저물지 않는다는 걸 명심하라.

"서두른다고 뭐가 달라지나요. 때가 되면 어딘가에서 확 발산할
날이 분명 오겠지요. 참고 참다 보면요."
라고 말씀하시는 분이 있을지 모르겠다. 화를 내지 않으면 인생
의 저금이 쌓일 거라는 말인가.
프로 인간이 되는 건 참 어려운 일이다.

프로는 강한 사람이다. 왜냐하면 자신의 건강, 자신의 기
분에만 충실하기 때문이다.

평범한 사람은 그렇게까지 강할 수 없다. 강하기 때문에 프로일
까, 프로라서 강한 걸까. '프로 인간'이란 원래 친절해서 내가 불만
을 말하면 딱하게 여기며 적극적으로 고민하신다.
"글쎄요. 약한 사람, 평범한 사람을 어떻게 강하게 만들까요."
라면서 마른 팔을 괴고 생각에 잠기는 것이다. 이럴 때나 되어
야 겨우 '프로 인간'은 제 본모습을 드러낸다.
언뜻 보면 이렇다 할 특징 없는 평범한 할아버지다. 할머니는
이미 죽고 외아들과는 떨어져 산다. 당장의 행색을 보면 살림살이
가 넉넉해 보이지 않고, 며느리가 가끔 와서 할아버지에게 용돈을

조른다. 말은 빌려 달라는 건데 갚은 적은 없다. 어느 날은 거절했더니 그 자리를 박차고 일어나 "그냥 돌아갔어".

그 후 아들네는 감감무소식이고 할아버지는 그제야 마음이 편해졌다. 그즈음부터 할아버지의 '프로 지수'가 높아진 듯하다.

할아버지는 말씀하신다.

"고생은 피하고 볼 것."

이러한 삶의 지혜도 자주 듣곤 했다. 옛 격언에 "고생을 해야 큰 사람이 된다"는 말도 있지만, 아무리 고생해 봤자 진주 같은 인격이 될 수는 없다.

요즘 사람들은 아무리 고생해도 인간이 될 수 없다는 걸 직접 경험해 깨달았다. 오히려 사람이 나빠지고 감성과 열정 모두 닳아 없어져 버린다. 남는 거라고는 증오와 굴욕감, 원한뿐이다.

프로 인간과는 멀어도 너무 멀다.

할아버지는 그런 의미가 아니라고 말씀하시더니, 찰싹 손뼉을 치면서

"아! 이렇게 말하면 이해가 될까."

라면서 하신 말씀은 더 간결했다.

튀지 마라.

할아버지는 빙그레 웃는다.

"자네들, 튀고 싶다는 마음도 고생인 거 잊고 있었지. 이 '튀고 싶은 욕망'이란 게 참 성가신 거거든."

튀고 싶은 욕망이라고? 그러고 보니 마라톤 선두 자리도 꽤 눈에 띈다. 장거리 구간에 접어들고 다들 해이해져 있을 때, 뒤에서 한 선수가 혜성처럼 달려 나온다. 바람을 일으키며 나타나 선두를 제치고 달려 나갈 때 참으로 눈에 띈다.

그리고 맨 꼴찌인 사람도 눈에 띈다.

모두 잊고 있을 때 즈음 들어와 드디어 장내를 일주한다. 이 또한 일종의 히어로라고 볼 수 있는데, 아무튼 눈에 띌 것이다.

아, 그렇구나. 일등과 꼴등 둘 다 눈에 띈다면, 가운데 무리에서 다른 사람들과 뒤엉켜 달리는 게 튀지 않고 좋겠구나. "내 말이 그 말이야"라며 할아버지는 끄덕이더니 '프로'의 소양을 하나 더 일러 주신다. 이걸 알고 있으면 고생하지 않을 거라고 한다.

남들과 뒤섞여 살아라.

라고 하신 건지, 아니면

남들과 뒤엉켜 살아라.

196

라고 하신 건지 잘 모르겠다.

"흠. 내 틀니가 상태가 안 좋아서 가끔 떨어뜨려요. 뭐, 하지만 뒤섞이든 뒤엉키든 상관없어. 피차 마찬가지야."

프로 인생이란 인생이라는 마라톤에서, 할아버지는 어중간한 곳에 섞여서 눈에 띄지 말고 튀지도 않으면서 다른 사람들과 '뒤섞여' 있거나 '뒤엉켜' 달리는 편이 낫다고 말씀하신다. 사람에 뒤섞여서, 세상에 뒤엉켜서 마치 동물의 보호색처럼 주변과 융화하여 살아야 삶이 수월해진다는 것이다.

그렇구나.

그렇게 해서 자신의 건강과 기분에만 충실하라는 건 아무도 모르게 조용히 행복이라는 꿀을 맛보라는 말씀이겠지.

본인의 가족과 친구, 본인에게 맞는 일을 사랑하고 소중히 여겨라. 튀지 말고 타인과 섞이고 세상과 섞이며 살라는 말씀이구나.

할아버지, 그렇죠? 지극히 평범한 인간인 나는 '프로 인간' 할아버지에게 그렇게 말해 보았지만 어느새 할아버지는 사라지고 목소리만 들릴 뿐이다.

"허허. 지금 하느님이 빨리 오라고 전화하셔서 말이야. 하느님이 부르셨을 때, 아직 이르다느니, 왜 저 녀석보다 내가 먼저 가냐느니 투덜거리지 않고 '네, 네' 하며 바로 따라나서는 것. 이게 바로 마지막 '프로의 요령'이라네……."

할아버지의 유쾌한 목소리가 점점 멀어진다. 하아…….

세상을 떠날 때도 프로의 요령이 필요하다고? 여든 살 되었다고 프로가 될 수 있는 것도 아닌가 보다. 지금 당장 하느님이 전화 주신다면 나는 당연히 당황할 것이기 때문이다.

이별

    오랜만에 체면 씨와 피프티 짱이 와서 술을 마시고 있다. 오늘 밤 수다 주제는 '남자와 여자가 헤어지는 법'이다.

    체면 씨는 나와 '아저씨'가 했던 이별이 최고의 방법이라고 했다. 무슨 말인가 하니, 한 사람은 그러니까 '아저씨'는

    "그럼."

    하고 떠나갔고─이 '그럼'에 관해서는 앞에서 이야기했다. '그렇다면'의 단축형으로 '그렇다면 안녕히 계세요'라는 의미도 있고, 사실 헤어지기는 싫지만 숙명과 천체의 움직임으로 인해(여기서 왜 천체가 튀어나오는지 모르겠지만) '본의 아니게 헤어져야 합니다. 여러모로 고마웠어요'라는 뉘앙스를 가진 말이다.─나 또한

"그럼."

하고 떠나보냈다. 체면 씨는 이 방법이 좋다는 말이다. 글쎄, 그렇다면 나와 아저씨는 '그럼 부부'라는 말인가.

"그렇지 않나요?"라고 체면 씨가 말한다. "뭐 옛날 말로 하자면, 아저씨는 차분하게 죽음을 맞이하셨고, 오세이 상◆은 아저씨 돌아가시고 처음 맞는 우란분회盂蘭盆會◆인데도 우리들과 술 마시면서 하하 웃고 계시잖아요. 이것이야말로 전에 말씀하신 '그럼'에 걸맞은 이별 아닌가요. 깔끔하고 미련 없잖아요. 남녀의 이별 중 최고입니다."

뭐 한 사람은 이미 저승으로 가 버렸는데, 미련이 있는지 없는지 알 게 뭐야.

"그 말인즉슨 남녀가 미련 없이 헤어지려면 사별해야 된다는 얘기잖아?"라고 피프티 짱이 말한다. "둘 다 건강하고 상대방을 죽일 수도 없을 때는 어떻게 해."

"둘 다 미련이 없으면 좋겠지만, 어느 한 사람한테 미련이 남으면 좀 질척거리긴 하겠죠"라고 내가 말했다.

"아, 바로 그 점이에요"라고 말하며 체면 씨는 자신의 유리잔에 위스키를 콸콸 따랐다. 따를 때마다 진해지는 것 같다. 체면 씨는

◆ 다나베 세이코의 애칭.
◆ 음력 7월 15일을 중심으로 조상의 영혼을 위해 제를 올리는 불교 행사.

얼음을 유리잔에 넣고 흔들어 섞으며 말했다.

"남자는 일반적인 경우에 '질렸다'는 한마디밖에 할 말이 없어요. 하지만 그렇게 말하면 피바람이 불겠죠."

"당연하지"라고 피프티 짱은 체면 씨보다 위스키를 진하게 따르며 으르렁댄다. 두 사람이 마시는 위스키 모두 우리 집에 있는 내 위스키다.

"서로 사랑했던 사이잖아. 남자 혼자서 스토커였던 게 아니라고. 서로 사랑했으면서 '질렸다'니."

"그건 그렇지만."

"연애가 무슨 기말 결산이야? 결론만 확실히 내면 되는 문제가 아니잖아. 그렇다고 분식결산 하라는 건 아니지만, 유야무야 적당히 지내다가 구깃구깃 접어서(깔끔하게 접으면 안 된다) 주머니에 찔러 넣는 방법밖에 없지 않나? 그게 남자의 기량이지. '질렸다'는 말은 너무 노골적이야."

"하지만 헤어질 때는 여자의 기량도 필요하겠죠?"

내가 말한다.

"맞아요, 바로 그 점이에요."

체면 씨가 강조한다.

"여자의 기량은 나이에 따르는 법이죠. 젊은 여자는 뒤끝이 없어요. 아, 뒤끝이 없다는 건 밝고 거리낌 없고 호기심이나 관심을 쉽게 다른 곳으로 옮긴다는 걸 말해요. 처음에는 길길이 화를 내다가도 다른 루트가 생기면 관심이 훌쩍 그곳을 향하기 때문에 뒤끝 없이 '그럼' 하고 헤어집니다."

체면 씨는 술을 홀짝이더니 입맛을 다시며

"중년 부인이라면 넘어져도 스스로 일어설 수 있는 기력과 체력이 있어요. 노년 부인은……."

"어머, 당신 수비 범위가 꽤 넓네요. 노년 부인까지 영업 대상에 넣었어요?"라고 내가 말한다.

"아니, 아니요. 예를 들자면 말입니다. 노년 부인은 새로운 문화를 도입하기보다 이제껏 축적한 것을 하나씩 차분하게 추억으로 간접 체험하는 걸 좋아하신다네요. 깊이 파고들지 않아요. 그렇게 봤을 때 가장 곤란한 상대는 '중년에 순진한' 타입이에요."

체면 씨의 말을 듣고 보니 그의 인생전선 상황도 어느 정도 짐작이 간다.

"이런 사람은 외곬이 되기 쉬워요. 학문 연구 분야에서 외곬이라면야 좋겠지만, 인생에 외곬인 사람한테는 당해 낼 재간이 없어. 이럴 때 서로가 충분히 납득한 상태에서 이제 어쩔 수 없다, 그럼 잘 있으라고 말할 수 있는 이별의 관용구 같은 거 없을까요."

"남자가 하기에는 어려울지 모르지만 딱 하나 방법이 있긴 해."

피프티 짱이 말한다.

"그게 뭐야."

체면 씨가 다짜고짜 물었다.

"헤어지자는 말을 여자가 먼저 하게 만드는 것."

"그런 고급 기술이 있나."

"그렇게 되도록 상황을 만드는 거지. 여자가 먼저 미안해요, 더는 사랑하지 않아요, 라고 말하면 무난하게 헤어질 수 있어."

"그렇게 깔끔하게 될까. 게다가."

체면 씨는 잠깐 생각하더니

"그런 말을 들으면, 남자 쪽에서 오히려 뭐라고!⋯⋯ 하며 화를 낸다든가. 역효과가 나지는 않을까."

"정말 뭘 모르네. 너무 미련해. 구질구질한 말 좀 하지 마."

"남자는 원래 뭘 모르고 미련하고 구질구질하다고!"

딱히 체면 씨와 피프티 짱이 만나다 헤어진 것도 아닌데 말싸움이 붙고 말았다. 모두 다 각자 인생의 반영이다. 둘 다 상처랑 타진 데가 여기저기 있어서 무슨 말을 하면 자기도 모르게 걸려 넘어가는 것이리라.

"자, 그러지 말고"

나는 중간에 끼어든다.

"예로부터 헤어지고 찢어지는 건 문학의 모티브 중 하나였죠. '헤어지자 찢어지자 하는 건 게이샤였을 때나 하는 말'이라고 〈유지마의 백매화〉♦에 나오잖아요. 헤어질 때 하는 대사가 가장 어려워. 그 사람의 역량이 드러나는 거니까요."

"유혹하는 건 쉽지만."

체면 씨가 말하자 피프티 짱이 반박한다.

"아, 그것도 어려워. 유혹하기 쉬울 줄 알았는데 막상 해 보면 뜻대로 잘되지 않거든. 남녀가 관심 분야도 다르고."

"문득 이런 생각이 들었는데요."

내가 말했다.

"서로 다투지 않고 헤어지려면 어떻게 해야 하는가. 이게 어른의 명제잖아요?"

"뭐 그렇겠지요."

"옛날 유행가 중에 〈러브 이즈 오버〉라는 노래가 있죠……."

"아아, 오우양 페이페이가 부른 노래요?"

"맞아요, 그것도 이별에 관한 노래죠. 그런데 오버over와 피니시finish는 어떻게 다른 말인가요?"

나는 체면 씨에게 묻는다. 체면 씨는 당황하면서도

"앗, 저도 잘 모르겠지만요. 음, 피니시라고 하면 어쨌든 일단 끝났다는 느낌이랄까요. 오버는 이제 완전히 끝났다. 끝난 건 끝난

♦ 이즈미 교카의 소설 《여자의 계보》를 원작으로 한 영화를 말한다.

것이니 이제 돌이킬 수 없다. 그런 의미 아닐까요?"

"그렇군요. 그럼 피니시는 일단 끝났지만 타다 남은 그루터기가 있으면 다시 불이 붙을 가능성도 있다는 의미인가……."

"그건 영어 전문가한테 물어보세요. 그런데 그런 느낌 아닌가요?"

체면 씨는 별안간 겸손해졌다.

"그렇구나. 그래서 '러브 이즈 오버'로군요. 그 가사 중에 '끝내요 끝이 없으니까……'라는 말이 있죠."

"앗, 저 그 노래 좋아해요."

피프티 짱은 노래한다.

"그 '끝이 없다'는 말은 남자든 여자든 할 수 있지 않을까. 헤어질 때 말이에요."

"무슨 뜻이냐고 되묻는 여자도 있겠죠." 체면 씨는 회의파인 듯하다.

"끝이 오면 다시 처음부터 시작하면 되잖아, 라고 꼬투리를 잡는 여자도 있을 거야. 여하튼 여자는 할 수 있어도 남자는 그런 말 못해요. 남자가 끝이 없으니까 헤어지자고 말하면 따귀를 맞고 쓰러질 거예요."

그렇군.

헤어질 때 뭐라고 하느냐는 참 어려운 문제로구나.

"하지만 생각하기에 따라서 간단할 수도 있어요."

체면 씨는 속에 있는 이야기를 털어놓는다.

"사실, 체면도 있고 이런 말 하기 싫긴 한데…… 남자가 끝이 없으니까 헤어지자고 할까, '그럼' 하고 일어설까 여러 가지로 머리를 굴리는 건 결국 총알이 떨어져서 그런 거예요."

"총알?"

"중년이 뭔가 하려면 돈이 든다고요."

그렇구나!

그 말이 맞다. 중년의 사랑에는 돈이 든다. 한창 연애할 때는 연애할 때라서 들고 나가지만, 뒤로 갈수록 보급이 떨어진다. 그렇게 되면 당연히 전투 능력도 하향 곡선을 그리는 것이다.

그때 자신을 돌아보며 문득 생각한다. '나 뭐 하고 있는 거지. 끝이 없잖아'라고.

이건 돈을 내는 사람이 터뜨리는 탄식이리라.

(따라서 흘러간 명곡 〈러브 이즈 오버〉에서 돈을 내는 사람은 여자였다는 것을 알게 되었다. 받는 쪽인 연하남 입장에서는 끝이 없다는 말을 하지 않을 테니 말이다.)

"솔직히 말하면 되잖아?" 피프티 짱은 체면 씨한테 티끌만큼의 동정심도 없나 보다. "그냥 총알이 떨어졌다고 말해."

"아무리 그래도 남자에게는 허세도 있고 부끄러움도 있다네……."

체면 씨의 탄식을 뒤로하고, 이 원고도 이러다 보면 끝이 없을 것 같다. 일단은 접어 두기로 하겠다.

그래서 결국 나와 피프티 짱이 체면 씨를 위로하며 건넨 말은 이러했다.

"자자, 인생은 설렁설렁 사는 거야. 아등바등하다가 제한 시간 끝나 버려요."

스스로 일어날 힘이 생기는 말

다나베 세이코는 이 책을 시작하면서 '아포리즘'에 집착하던 자신의 젊은 시절을 고백한다. "아포리즘 없는 연애소설은 김빠진 맥주와 같다"며 고군분투하던 시절, 젊은 날의 패기로 만들어 낸 그 아포리즘들은 비단 연애소설뿐만 아니라 그녀가 다룬 모든 장르에 스며들어 다나베 세이코의 세계관을 더욱 뚜렷하게 나타내 주었다.

다나베 세이코가 그렇게 아포리즘에 집착한 이유는 무엇일까. 그녀는 라로슈푸코의 잠언들을 인용한 끝머리에서 이렇게 말한다. "아포리즘은 사람을 미소 짓게 만든다. 웃음을 동반한다. 또한 그 당시 나는 유머란 연애소설에 불가결한 요소라는 확신이 있었다." 아포리즘과 유머라니, 영 어울리지 않아 보이지만 그 두 요소에 집착해 만들어 낸 글귀들을 읽어 보면 알 수 있다. 그녀의 아포리즘은 저명한 저자의 지혜와 통찰에 기대어 깨달음을 주려는 게 아니라, 그저 '상념'을 알사탕 굴리듯 쉽고 유머러스하게 풀어내 읽는 이가 공감하고 웃을 수 있게 한다는 것을.

다나베 세이코는 《인생은 설렁설렁》에서 세상 돌아가는 일에 수다를 늘어놓은 끝에 느낀 바를 아포리즘으로 표현한다. 이를테면 "남자는 개와 비슷하다"(〈남자와 개〉) "굳이 나이를 반올림하지 마라"(〈프로 인간〉) "남들과 뒤엉켜 살아라"(〈프로 인간〉) 같은 구절은 거창하지도 않고 언뜻 과격하게 들리지만, 그 안의 의미를 들여다보면 유머가 넘치고 사회에 대한 해학까지 담겨 있다.

물론 이러한 아포리즘은 다나베 세이코의 인생철학을 반영한다. 이 책을 집필할 당시 다나베 세이코의 나이는 일흔셋이었고, 남편을 하늘나라로 보낸 지 얼마 되지 않은 시기였다. 노모와 남편의 병간호를 직접 하면서도 엄청난 집필과 강연을 소화했고, 남편을 보내고 얼마 되지 않았음에도 예전과 다름없이 친구들과 어울리며 그때그때 깨달은 것을 작품으로 승화시켰다. 작가는 살인적인 스케줄에 체력의 한계와 노화를 몸으로 느끼면서도 '돋보기와 지팡이만 있으면 늙는 것도 두렵지 않다'는 마음으로 '그저 하고 싶은 걸 하고, 하고 싶은 말을 하며 자연의 순리에 따라 설렁설렁 살자'는 메시지를 던진다. 어쩌면 이것이 바로 다나베 세이코 인생의 가장 핵심적인 아포리즘 아닐까.

어느 편집자가 다나베 세이코에게 아포리즘을 쓰는 이유가 무엇이냐고 물었더니, 그녀는 이렇게 대답했다고 한다.

"아포리즘을 하나라도 더 많이 기억하는 건 중요해요. 실제로 무슨 일로 맥을 못 추고 있을 때, 주변 사람들이 그런 말을 해 준다면야 좋겠지만, 힘들 때 옆에서 꼭 누군가가 위로해 주리라는 보장이 없잖아요. 그럴 때 이런 말을 기억하고 있으면 스스로 일어날 힘이 생기지요. 나는 젊은 사람들이 스스로를 격려하는 방법은 다양하다는 걸 기억했으면 좋겠어요."

이 인터뷰를 보고 인간을 향한 작가의 다정함을 느꼈다. 이 책을 읽는 분들도 그런 다정함과 마음의 격려를 느끼시기를 바란다.

2018년 초겨울
조찬희

옮긴이 조찬희

고려대학교 대학원 중일어문학과에서 일본문학을 전공했다. 졸업 후 출판사에서 일본 도서를 한국에 소개하는 일을 했고, 현재는 일본어 전문번역가로 활동하고 있다. 옮긴 책으로《여자는 허벅지》《주부의 휴가》《저도 중년은 처음입니다》《어른의 맛》《손때 묻은 나의 부엌》《침대의 목적》《아내와 함께한 마지막 열흘》《사실은 외로워서 그랬던 거야》등이 있다.

인생은 설렁설렁

초판 1쇄 발행	2018년 11월 23일
초판 2쇄 발행	2019년 1월 15일

지은이	다나베 세이코
옮긴이	조찬희
책임편집	나희영
디자인	주수현 정진혁

펴낸곳	바다출판사
발행인	김인호
주소	서울시 마포구 어울마당로5길 17 5층(서교동)
전화	322-3885(편집), 322-3575(마케팅)
팩스	322-3858
E-mail	badabooks@daum.net
홈페이지	www.badabooks.co.kr

ISBN	978-89-5561-136-6 03830